Gérard Baker

Les sens ont de la mémoire

Gérard Baker . *Les sens ont de mémoire*

TOME II

Gérard Baker . *Les sens ont de mémoire*

«Le mal existe, c'est une réalité qu'il est vain de refuser, nous sommes des êtres imparfaits. »

« L'homme est condamnable à cause de ses erreurs, pas à cause de sa croyance. »

Gérard Baker . *Les sens ont de mémoire*

Les symptômes

Jane tente, avec beaucoup de mal, de récupérer, cette maudite fièvre la fatigue et si la Mama est courageuse au point de la suivre pendant les longs jours et nuits, heure après heure, elle s'en sort très affaiblie. Éric n'est jamais réapparu. Seul un homme trapu au visage anguleux avec de gros yeux noirs, portant un turban, était venu à son chevet. Il avait constaté la maladie et était reparti sans dire un mot. La Mama lui donne à boire de la Metatone, c'est un produit anglais qui la vitalise. On ne sait comment c'est arrivé là, mais une quantité énorme est stockée dans la chambre d'à côté, elle prend aussi de la chloroquine et la Mama assure que toutes les filles l'utilisent pour leur bien.
Jane est pensive et ulcérée, elle craint le pire, elle cache à autrui depuis une semaine qu'elle peut aller et venir. Les filles sont toujours au bord de la piscine et elle remarque qu'elles ne sont plus les mêmes qu'auparavant. Le soleil tape dur, elle ressent l'envie de plonger dans l'eau bleue de la piscine.
Tant d'étés, elle a parcouru les routes de France avec Matt pour retrouver la mer. Elle avait une préférence pour la Méditerranée. Elle se souvient des longues heures passées sur la plage de La Franqui, Leucate, lieu de détente, nue comme aux premiers instants de la vie. C'était de cette façon qu'elle adore passer ses vacances sur le littoral, les pieds et les fesses enfoncés dans le sable chaud du rivage salin, avec les vagues qui la submergent en ronflant de leurs justes

clapotements, sortes d'applaudissements animant sa venue. Elles vous caressent tout le corps dans un bonheur estival longtemps désiré. Pendant ces séjours, Matt était à la fête et leurs étreintes étaient renforcées par le climat enchanteur. Combien de fois, l'a-t-elle attiré dans les petits monticules de sable cachés d'herbes folles, à l'abri des regards de voyeurs omniprésents, ce qui rajoutait du piment à leurs ébats pour jouir d'instants coquins et sans gêne ? Elle était adepte de la copulation brutale dans des endroits inédits, cette hardiesse l'emportait dans une folle jouissance. Elle s'assouvissait abondamment, son terrain de jeu amoureux, c'est la nature, c'est l'interdit public, c'est la rue et d'autres endroits qu'elle suscitait à Matt... doit-elle payer aujourd'hui toutes ses légèretés et ses turpitudes ? Est-elle si peu recommandable ? Est-ce cela donc son péché véniel ? Elle médite sur cette situation absurde : elle est matraquée et violée et ensuite elle est soignée... peut-être a-t-on besoin de ses services, mais de quels genres ? Mama souligne qu'elle aura bientôt la visite de Maki.

– Maki... sera là demain, près de toi !

Cette évocation la fait trembler. Victime, captive, qu'elle sera le prochain châtiment ? Elle souffre dans son corps, sa tentative pour effacer le tatouage s'avère infructueuse. Elle l'imprègne d'alcool modifié à fortes doses, se picore la peau jusqu'au sang avec une pince à épiler, pour effacer la calligraphie honteuse, se gratter avec une aiguille, se brûler avec une allumette, elle a tout essayé, même son urine, mais rien n'y fait. Elle le sait, seuls les rayons laser peuvent éradiquer cette insulte incrustée dans sa chair. Elle a pu refaire un peu de sa coiffure, sans fond de teint, les rides saillantes et la lèvre marquée, elle paraît vieillie. Le mot qui lui vient à l'esprit, c'est le portrait d'une pauvre hideuse.

Le lendemain après une nuit remplie de cauchemars allant de sursauts en angoisses répétées, elle se réveille en sueur, la mort dans l'âme, elle est oppressée, en proie à l'inquiétude, l'attente est interminable, elle mange peu, elle a le creux douloureux sur l'estomac suivi de vagues de panique. Des tremblements l'envahissent et traversent son corps de part en part. Quel sera son destin ? Le manque de sport, de gainage l'a rendu terriblement fragile, faible, elle déplore cette régression physique. Il ne lui reste que le moral et son entêtement pour réagir dans le cas où elle serait de nouveau agressée.

Mama l'avertit, en reprenant à cet effet ses courses folles dans le couloir avec ses hululements de chouette apeurée. Elle fait sourire Jane qui à ce moment-là entre dans une phase de concentration, elle se crispe quand elle entend des pieds marchant sur le sol et des agitations qui se rapprochent de sa chambre. Elle ferme les yeux ; les pas s'éloignent, c'est une fausse alerte. Prendre un peu d'air, puis respirer. La tension est à son comble ainsi qu'une fébrilité sous-jacente incontrôlable, mais perceptible, elle essaie de se calmer. Ce qu'elle souhaite en vertu de son état de santé, c'est de ne pas donner un signe de résignation ni un autre qui pourrait être considéré comme de la soumission ou du stoïcisme tout court. Elle grandit dans cette épreuve, elle oublie tous les détails, les pinaillages qui faisaient son quotidien. Ils paraissent si ordinaires aujourd'hui, ils ne valaient pas tant de peines pour que l'on s'y intéresse. Elle s'encourage en s'exclamant.

– Votre vie est en jeu ! Votre force, c'est de ne rien abandonner même si elle est compromise quand, c'est autrui qui veut vous l'enlever ! Prenez garde aux manipulateurs, aux flatteurs, aux hypocrites et surtout aux opportunistes de tous les bords. La leçon est apprise, elle sera mille fois répétée !

Elle se couvre d'une pudeur extrême. On ne voit ni ne devine la moindre parcelle de sa peau hormis le visage, les mains et les pieds. Elle a chaud, mais c'est une sécurisation, une autodéfense naturelle après ce qu'elle a subi. Elle s'affole quand elle se souvient du couteau sous le matelas, elle se lève précipitamment. Il est là ! Elle cogite, ce n'est pas sa place, c'est trop voyant ! Comment a-t-elle vécu sur un matelas défoncé pendant des semaines, sans que personne ne l'aperçoive ? Elle le retire, puis lestement le cache derrière une petite armoire qu'elle déplace vivement. Cet objet qui est une arme est trop compromettant sous son lit, elle se recouche quand la porte s'ouvre. Elle se fige et fait semblant de dormir.

– Alkaliba, réveille-toi, tu as assez dormi dans cet hôtel, il est temps de payer le loyer et les repas. Rien n'est gratuit ici ! Il faut te mettre au travail.

Jane s'est entendue demander en écarquillant les yeux.

– Quel genre de travail ?

– Il te faut un dessin en couleur avec des gros plans ?

Éric est là, à quelques dizaines de centimètres. Sa barbe a grandi et épaissi, elle est devenue frissonnante. Il est vêtu en djellaba noire et le port de tête est toujours un turban. Il tient un livre écrit en anglais, il lui tend en l'injuriant.

– Tu lis ça, ce sont les préceptes que tu ne connais pas. Tu dois apprendre à vivre dans notre groupe, ce ne sont pas tous des gentils. Tu seras femme de confort et si tout va bien, tu seras une combattante qui intégrera la bonne cause, tu seras libre, mais sous contrôle. Pour l'instant, tu dois suivre ton chemin et expier de toute une dette. Une révolte et les disciples peuvent t'exterminer par n'importe quel moyen voire jusqu'à la lapidation ou l'exécution sommaire par le coup de sabre. Tu peux aller à la piscine et jouer avec les autres filles, mais quand tu voudras aller en ville, tu porteras le niqab et tu seras accompagné par deux gardiens. Tu peux aller à la plage de Ramena, c'est pareil.

– Éric, je suis donc une prisonnière, une femme de guerre ; tout ce que tu m'as promis est un mensonge énorme.

– C'est faux, c'est toi qui choisis de me suivre et ton connard de mari était d'accord. Tu es à mon service. C'est la règle.

– C'est ton idéologie qui me dépasse, tu n'es pas dans l'import-export, tu es un proxénète, violeur, pourri et peut-être assassin sous le couvert d'une branche salafiste. Tu veux que je fasse la pute pour toi en mettant en avant la valeur des rapports interraciaux, plus rentable…

Éric lance son bras et la gifle qu'elle reçoit fait un bruit mat sur sa joue. Elle bascule en arrière. Elle ne pleure pas, elle devient tigresse, elle lui arracherait les yeux si elle le pouvait. La haine est là.

– Tu me traites plus de violeur ou d'assassin sinon tes heures d'existence seront comptées. Ce n'est pas ton tour aujourd'hui, alors ferme ta gueule…

Jane vient de comprendre qu'elle n'aura pas le dernier mot.

– Lis ce livre, c'est le coran, c'est tout ! Tu enlèves ta culotte si on te l'ordonne et tu n'auras aucun problème, tu auras une vie de précieuse.

– Et Matt dans tout cela ?

– Il s'en fout, il est libre, il fait ce qu'il veut de sa vie, c'est un immature, un gamester, un disc-jockey, un excrément. Il est un triste individu influençable. Le mécréant qui donne sa femme en pâture est un profond psychopathe, une ordure occidentale !

– Pourquoi étais-tu son ami si tu le détestais et moi aussi ?

– On n'est pas là pour parler de ça, mais de toi ! Ce soir, tu dois travailler. On va t'apporter le niqab…

– Jusqu'où vas-tu dans ta cruauté, où est ta promesse ?

– Cette promesse, je l'ai faite qu'à Dieu, à personne d'autre. Tu admettras que les hommes sont supérieurs aux femmes. Quand dans la sourate, on compare les femmes à un champ de labour et que l'homme peut y aller comme il veut et quand il le désire, c'est bien défini. Le mari peut interdire à sa femme de quitter la maison et de voyager sans lui, mais avec une personne de la famille immariable. Il est permis de battre sa femme. Et quant à celle dont vous craignez la désobéissance, exhortez-les, éloignez-vous d'elles dans leurs lits et frappez-les jusqu'à ce qu'elles demandent votre pardon. Une des traditions de Mahomet stipule qu'un mariage provisoire est autorisé pour les hommes. Elle mentionne qu'il doit durer trois nuits puis s'ils ont envie de le poursuivre, ils le peuvent, mais s'ils veulent se séparer, ils le peuvent aussi. Alors, tu vas comprendre. Le Mut'ah, est passé par toi. Voilà la raison de la charia « c'est le chemin dicté par la loi de dieu ». Toi tu es une infidèle, tu vas te prostituer et tu seras une femme de l'enfer. Le

Gérard Baker .*Les sens ont de mémoire*

Mollah Hodjatoleslam pourra faire de toi un disciple, si tu respectes cette loi. C'est sur ma demande que tu éviteras la décapitation. C'est toi qui as choisi de me suivre par amour, il est donc normal de partager mon idéal humain.

– C'est mon avenir de femme, mais je suis encore mariée à un français. J'ai des droits et je ne veux pas être de la chair pour les porcs. Esclave du corps, c'est ça ta promesse devant ton Dieu ?

– Encore un blasphème et je te rends justice !

– Quel blasphème ?

– Mets-toi dans la prière, lis les textes sacrés et ensuite tu pourras apporter la lumière pacifique dans ton cœur. Oublie tes années de luxure, de débauche, reviens dans un monde de service et d'amour au nom de l'Islam, apprends la vérité dans les hadiths. Ta vie sera sauve lorsque tu mépriseras la lâcheté, l'hypocrisie de la démocratie et de l'idiosyncrasie occidentale.

– Je regrette que notre promesse n'ait pas tenu avec le temps, mais laisse-moi partir. C'est mon seul désir.

– C'est moi seul qui décide. Une femme qui trahit un homme n'a pas d'autre recours que de se mettre à sa disposition autant qu'il le souhaite et sans objection.

– Oui, c'est le rôle des petites filles de la piscine, elles sont obligées de faire la pute pour les touristes du sexe, elles sont vendues et peut-être volées à leurs parents pour quelques ariarys. C'est ton commerce d'import-export. Malala a résisté et tu l'as envoyé ailleurs pour qu'elle se taise et un jour, on saura qu'elle aura disparu du territoire pour la Somalie ou le Mali.

– Tu as tout compris sauf que tu dois la fermer si tu ne veux pas finir comme elle.

Jane dans un dernier réflexe tente de l'amadouer, de le raisonner pour gagner du temps. Elle évalue de façon informelle le degré d'intégrité religieuse dont Éric s'enorgueillit. Elle profite d'un instant de réflexion pour le ramener à ses souvenirs. Pas de discours, juste se défendre contre cette absurdité effroyable dont elle est victime.

– Pourquoi tant de haine envers moi ? Ta copine, celle qui t'a tant aimé ? Pourquoi vouloir la mort ? Pourquoi suis-je ta prisonnière, mais pourquoi, alors qu'il y a quelques mois, était-on heureux ensemble ? C'est un mensonge, l'amour, j'en ai rêvé avec Matt et toi, c'est un piège que tu m'as tendu, la religion c'est une excuse, je comprends que tu as fait tout ce parcours pour moi, mais il ne faut pas me traiter de pute…–
Vous êtes toutes des putes, si on ne l'est pas, on le devient, car c'est la première vérité, tu faisais des simagrées, tu étais la sainte nitouche, mais tu te trimballais en minijupe à raz du cul. Tu décroisais les jambes devant les jeunes branleurs, mais tu pensais qu'à une chose c'est de baiser. La nana du quartier, l'allumeuse qui m'avait fait un serment. À l'époque, déjà tu méritais le châtiment du péché de chair. C'est ce que ma religion réprouve et c'est pour cette raison que je suis radicalisé. Je ne suis pas encore le Mollah, mais je pars en Syrie et à mon retour, je déciderais de la suite de ma vengeance et qui sera réclamée par le Dieu qui jugera en vertu des versets et des hadiths. Sache-le pour en finir, la religion ne peut pas être une excuse ou une tromperie, seuls les païens, les incroyants peuvent rejeter cette théologie musulmane. C'est l'ordre nouveau et qui va déferler comme une onde massive sur le monde entier en renversant toutes les idées postmodernistes. Toi, tu m'as humilié, Matt

aussi, je n'ai rien lâché pendant toutes ses années de prières, de génuflexions qui m'ont conduit vers le chemin qui m'était tracé par la révélation. Oui, pendant toutes ces années où vous vous prélassiez dans un confort douillet, j'ai lutté contre les rats, les lâches, les chiens enragés, les guerriers arrogants du capitalisme agaçant. Le « clash des civilisations » est peut-être religieux et historique, mais il trouve aussi une base dans l'anthropologie des rapports hommes-femmes. Le versant féministe d'aujourd'hui est aussi une forme d'inculture, le sort qui t'est réservé est d'être une combattante sur les lignes de front. C'est mourir en victime plutôt que justicière. Voilà, je ne serais pas ton bourreau, d'autres vont se charger de la besogne.

Jane, loin d'être désemparée, car le contact est verbal, continue son interrogatoire pour mieux comprendre les desseins d'Éric proprement dirigé vers une idéologie. Elle n'est pas trop douée pour déchiffrer toute son argumentation, elle tergiverse en espérant le clouer au pilori ou le faire descendre de son perchoir de prétentieux. Elle force un sourire, mais elle voit que son visage change de couleur, il est d'un blanc terreux. Elle voit dans ses yeux clairs une expression toute pleine de spiritualité et une désincarnation. Ils sont brillants et enflent d'une sourde colère. Elle retient ses mots, il s'attend à ce qu'elle se rebiffe, car si elle lui parle méchamment cela aurait le don de l'énerver et de lui donner une bonne justification pour la frapper de nouveau. Couchée sur le dos, elle l'affronte du regard.

– Matt t'aurait donc humilié en m'épousant, alors que tu es parti vers l'Afrique du jour au lendemain sans donner de tes nouvelles, on a même supposé que c'était pour rejoindre la belle Helena... Matt en était persuadé. C'est ridicule franchement. Tu veux me faire payer au centuple cette histoire de jeunesse qui mérite d'être classée pour simple aventure commune à tous les autres jeunes. Où est l'offense ?

– Je venais vous rendre visite et la promesse était ternie, mais un jour tu as accepté d'avoir deux hommes dans ta vie, c'est de l'infidélité, car c'est toi qui t'es conduite comme une infidèle.

– Il faut arrêter ce petit jeu dangereux, moi, j'en ai marre, je veux rentrer chez moi, c'est tout, je ne suis pas une égarée au petit matin, ni une combattante contre les guerriers de l'apocalypse. C'est quoi, le problème que tu as ? Va retrouver Malala, Helena que tu as suivie ou les fillettes de Madagascar. Fiche-moi la paix !

Il lui décoche un coup de poing magistral, Jane perd conscience pendant plusieurs minutes. Quand elle se réveille, il n'est plus là !

– Cet abruti est ignoble ! C'est ce qu'il y a de plus rebutant au monde !

Dire qu'elle connaissait ses parents, des braves gens, le père, un petit ouvrier dans une usine de ferronnerie, un homme sans histoire et la mère femme au foyer qui se démenait pour apporter une éducation aux enfants. Elle se souvient de l'accueil chaleureux qu'il lui était réservé lors d'un anniversaire d'Éric. Non d'un chien, pourquoi ce revirement ? Quel salaud !

Elle touche sa pommette, au sommet d'une tuméfaction qui est palpable, elle se boursoufle, elle crie sa douleur qui lui est intolérable. Mama arrive à la rescousse, elle voit son visage endommagé, elle coule de l'eau, puis elle l'imprègne délicatement.

– Quel connard, quel fumier !

Gérard Baker .*Les sens ont de mémoire*

Mama, sans délicatesse lui pose une grosse main grassouillette sur sa bouche. Elle lui envoie un regard sévère qui lui interdit de déverser un flot d'injures au risque d'être violentée et outragée plus cruellement. Elle se débat, mais Mama est plus forte. Elle se résigne, l'effort qu'elle vient de produire lui coupe le souffle, elle tousse et ingurgite de la salive, elle s'étrangle et la quinte de toux est presque suffocante. Mama la soulève, elle la penche vers l'avant. Jane a beaucoup de difficultés à se calmer, ses deux mains appuyées sur sa poitrine, elle peut l'aider à respirer normalement. Quand elle reprend son souffle, ces convulsions respiratoires l'ont affaiblie. Mama en conclut qu'elle est probablement malade. Elle trouve que son état de santé doit être pris au sérieux. Est-ce que l'autorité l'entendra de la bonne oreille ? Ce qu'elle craint, justement : quand on veut se séparer de son chien, on dit qu'il a la rage et dans ce cas l'occasion est offerte sur un plateau. Mama s'inquiète, le manque de médicaments et de grande hygiène n'est absolument pas favorable à une personne défaillante. Elle continue de l'abreuver de décoctions et de remède malgaches.Jane a repris des couleurs quand on lui apporte et qu'on lui soumet le vêtement noir. Elle se sent atteinte dans sa fierté de femme de classe, plus encore dans sa dignité. C'est égal, pense-t-elle, cela cachera le coquard qu'elle arbore. Elle doit être nue dessous, c'est, paraît-il, la règle ! Deux jeunes filles l'aident, elles ont un regard discret, elles semblent passives, fatalistes… elles sont vêtues d'un simple bikini, très court et très sexy. L'une d'elles la lave plusieurs fois soigneusement. Elle ferme les yeux l'air navré devant le médiocre tatouage. Elle y voit une sorte de dégoût. Elle continue les ablutions en insistant dans les replis des parties intimes, c'est à ce moment-là que Jane observe une perte très prononcée et le manque de sa réceptivité au doigté vaginal. Le massage de la jeune fille est délicat, approprié, le rôle est de la rendre, semble-t-il, plus accessible, plus pénétrable, mais la caresse vulvaire est insensible. C'est un curieux frottement lapidaire froid et sec. Elle qui s'enflammait au moindre effleurement, elle s'étonne de sa frigidité soudaine. Elle retient une grimace ; ensuite, les filles la rasent en utilisant un blaireau, en moussant largement et ensuite un petit rasoir Bic jusqu'à ce que la peau soit aussi lisse que celle d'un bébé. Elles l'embaument d'un parfum capiteux qui lui monte à la tête, ce n'est pas du ylang-ylang, mais peut-être un mélange entêtant qui la grise. C'est fort peu agréable, elle éternue, une fille l'enduit d'une onction à base de miel sur le bas-ventre alors qu'elle est toujours en recherche de petits sursauts fébriles qui indiquent un début de plaisir, des prémices d'une délectation. Elle déplore ce manque d'activité cérébrale et nerveuse qui l'emportait dans une folle chevauchée érotique et orgasmique lors de ces ébats. La toilette rituelle de purification se termine par un massage sur le dos, des aisselles, sans qu'elle ressente ne serait-ce qu'un léger frémissement pouvant l'émouvoir. Elle est exaspérée. Elle a, pendant toute cette séance, suivi des yeux la fille la plus en chair, jolie avec un nez fin, ses boucles d'oreilles créoles se balancent devant son visage ébonite qui n'en finit pas de sourire. Elle est tentée de lui demander une faveur qui aurait pour but de l'émouvoir. Quand la fille tire la langue, elle la trouve très charnue et ses dents blanches lui donnent encore plus d'attirance. Ce côté juvénile,

Jane en avait oublié toute l'immensité, la dimension humaine. Sa jeunesse a filé avec les années et maintenant arriver à cette profanation existentielle, contrainte par une subversion abominable. C'est dément !

Elle fait signe à la fille de s'approcher plus, l'envie de l'embrasser est affriolante, elle rebaisse dans son estime de soi, mais c'est plus fort qu'elle. Tout à coup, elle revoit Malala avec son racisme déclaré ouvertement et sa façon vulgaire de l'humilier... Quand la fille avance son visage, elle se retient puis furtivement, elle lui caresse la tempe et les cheveux, en le tirant vers elle. La jeune fille recule, elle prend peur, elle regarde l'autre en se retournant et en refoulant d'un geste gracieux l'attouchement. Effarouchée, elle cède la place à sa compagne. Jane espérait un retour rapide de l'excitation. Ces deux adolescentes ont un charme envoûtant, mais elle n'imagine pas qu'elles soient aussi prudes, pusillanimes qu'elle le montre. C'est probablement, pense-t-elle, l'effet sournois et conditionnel institué par la religion qui les oblige à l'inhibition totale et sans réserve. Elles sont cadenassées, bloquées dans une sorte de régime sacrale, une structure pratiquement invincible, située loin des populations contrôlées par l'autorité malgache où elles vivent dans un confort spartiate. Jane détenait ce genre d'information sans être formelle avant qu'elle n'atterrisse dans le pays. Elle était alors, persuadée avant son départ que c'était la dernière chose qui pouvait lui arriver.

Les servantes quittent la chambre en s'assurant qu'elle est prête à recevoir un premier client. La plus jeune lui introduit un doigt dans la vulve sans ménagement puis elle le renifle, elle lève la main pour voir si aucune trace de sang ne colore le doigt. Elle fait le même geste rectal si surprenant que Jane la repousse. Fille rit de bon cœur devant sa réaction, mais elle réitère son intrusion en montrant son index graissé. Revêtue, de la robe noire abaya, le niqab, elle s'observe dans le miroir, son coquard est invisible. Ses yeux ont perdu leur expression familière, le voile la rend stérile du regard. Elle remue les paupières, c'est à peine si l'on distingue leurs mouvements qui ont mis plus d'un homme en émoi. La nictation est nulle. C'est lui arracher la vie, c'est la rendre aveugle, ce petit rectangle semble être une meurtrière qui coupe l'angle de vue, une sorte d'abat-jour qui empêche la lumière d'entrer et aussi de la diffuser correctement à son entourage. Le son de la voix est étouffé donnant de la basse au rythme de l'impossible divulgation de paroles suaves et mélodieuses. Adieu la divine phonation et l'art oratoire. Elle pousse la chansonnette devant la glace, c'est atroce, le timbre est déformé par la tension du tissu, certes léger, mais il ne filtre pas le chaud, le chant ténu, c'est désolant. Comment font-ils pour embrasser une camisole, un heaume féodal ? C'est la condition féminine au plus bas de son statut. Elle déplore son manque de vitalité, elle s'accorde un moment de réflexion. Elle se demande quel va être son sort, c'est affligeant, c'est une montée à l'échafaud, cette punition la mérite-t-elle ? Quel est donc le reproche ? Ce n'est que d'humilier cette beauté masquée, sommairement cachée par un emballage mortuaire et être profitable à un marchandage odieux ? Oui, une marchandise réduite à un trafic odieux d'êtres humains. Cette confrontation avec elle-même est

Gérard Baker .*Les sens ont de mémoire*

sordide, elle doit reprendre des couleurs et ne verser aucune larme, c'est son défi.

Elle n'a guère le temps de s'appesantir sur cette mauvaise fortune qui lui est réservé et de la façon dont elle va appréhender ce nouveau lynchage. Elle a l'intestin qui se manifeste par des borborygmes, elle engrange de la peur et elle est très mal à l'aise, l'ironie ! Elle se lâche bruyamment devant le pire qu'elle va subir, car les minutes sont passées à une vitesse folle. Lorsque la porte de la chambre s'ouvre. Elle est effrayée, elle crie.

– Ne me touchez pas. Laissez-moi !

Elle est prestement poussée vers la sortie par deux sbires qui l'embarque de la manière forte en lui tenant les bras. Elle se débat, mais on la serre si durement qu'elle finit par se taire et suivre les deux hommes qui la jettent sur un matelas dans une chambre noire. Elle n'oppose aucune résistance, elle ressent une douleur dans les bras. Les brutes l'ont vraiment ceinturée puis immobilisée sous la contrainte. Le traitement est douloureux, ils ne l'ont pas épargné en utilisant une poigne de fer.

– Tu ne bouges plus sinon, ils vont te crever la panse !

La porte se referme et en quelques secondes, elle aperçoit un homme, jeune ou vieux, elle ne sait pas, une longue barbe et des lunettes noires. Il est plongé dans la pénombre. Il se penche alors vers elle et il la retourne, il l'agrippe et lui écarte les fesses, elle encaisse deux claques magistrales sur celles-ci. Il se frotte et il s'enduit de son huile parfumée, il la palpe, il rugit comme un lion avant de la pénétrer avec deux doigts, puis il vise l'orifice anal en plusieurs poussées, il s'enfonce en elle et il ahane puis il se relâche, il la gifle et se retire en geignant et en lui infligeant une dernière poussée d'un aller et retour plus brutal, plus marquant. C'est fini ! Il se relève, puis se réajuste. Jane n'ose pas le regarder, c'est interdit. La porte s'ouvre et se referme. Les deux sbires reviennent. – C'est bestial ! Souffle-t-elle. Heureusement, ils ne comprennent rien. Jane souffre. Les sphincters dilatés et brûlants, elle a l'impression qu'une dose de piment fort est injectée dans le rectum. C'est horripilant, insupportable. La première chose qu'elle enlève, c'est le sitar, elle le jette sur le lit, elle respire et ensuite se sépare de l'abaya, elle est nue et libre ! Elle est ulcérée, mortifiée, c'est trop d'outrage sur sa personne. Elle se balade en long et en large dans sa chambre en espérant que cet affront accentué sous la forme d'une phlogose interne disparaisse ainsi que toute matière malsaine et indésirable. Elle ose à peine s'y aventurer de la main, elle court à la douche et s'inonde les fesses d'eau fraîche pour apaiser le feu. Elle appelle la Mama, mais elle semble occupée. Elle est exténuée. Elle n'a absolument rien ressenti. Cette étreinte était trop rapide et la dernière sensation très vive signifiait une légère déchirure. Sa pensée va vers Matt, il était si doux qu'elle lui reprochait souvent d'être un adolescent et que ses emballements étaient peu convaincants, trop attendrissants qu'elle aurait aimé qu'il la prenne avec plus de virilité, de hargne. Elle le regrette amèrement. L'amour fou, oui, mais ce genre de rustrerie, elle la réprouve de toute son âme. Ces agressions multiples dans des conditions d'hygiène douteuse ne la rassurent pas, elle reste sous la douche, elle se calme. Cette pratique sodomique profonde était trop sauvage pour qu'elle puisse en retenir l'effet immédiat surtout que l'acte était formellement non consenti. Elle semble avoir perdu une parcelle de sa sensibilisation charnelle et de son caractère passionné, émotionnel. Elle s'attriste. Elle continue à appeler.

Quand la Mama ouvre la porte, elle est sortie de la douche, elle s'essuie. La douleur s'estompe, mais elle est toujours présente comme une cire chaude et gluante. Elle offre l'image de ses fesses indécente de son postérieur à la Mama qui se cache les yeux. Elle hurle sa colère.

– Mama, ils sont fous, j'ai le feu dedans ! J'ai la chatte qui me fait mal maintenant.

Jane a peur de l'excision, elle crie.

– Mama, ils ont coupé mon clito !

La Mama sourit, elle pose le verre de jus de fruits qu'elle tient. Elle tape dans ses paumes de mains comme le ferait un singe content de son observation, elle ricane, ses gros yeux sont larmoyants. Elle trouve cette posture hilarante. Ses gros seins s'agitent sous sa robe.

– Non, pas coupé ! Madame, c'est le trou piquant avec la petite papaye pimentée. C'est bon pour faire sortir le jus. Vous aimez la papaye ?

– Quoi, c'est de la papaye qu'il met dans le cul ? Il est malade ce mec !

– C'est bien lavé après, pas malade, il faut un peu d'huile de coco. C'est bon pour le jus.

– C'est quoi le jus ?

– C'est l'eau de la femme, les hommes ne pas boire ici, ils aiment le rhum, ils aiment le rhum, c'est tout. C'est normal.

– Les femmes aiment l'eau des femmes ici...

– Ne faut pas parler. C'est dangereux, ici on coupe le bouton de la fille. C'est homme du Mali dire comme çà. Les petits garçons sont coupés, le Rain-*Gaza,* mais pas les filles.

Jane est déconcertée, elle s'habille devant la Mama qui lui tend un verre de jus d'ananas.

– C'est bon après l'amour.

– Contre le piment ? Tu dis des bêtises, j'ai confiance ! Apporte-moi un téléphone ! C'est tout ce que je veux. Je ne veux pas demeurer dans ce bordel pendant des années. Je suis mariée !

– Beaucoup d'enfants ?

– Le moule cassé, Mama, c'est un téléphone qu'il faut.

La Mama semble sourde à sa requête, elle guette la porte, elle jette un œil vers la fenêtre, elle écoute, la peur au ventre, puis elle tourne les talons comme si le diable était à ses trousses. Jane conçoit que cette domestique au cœur d'or craigne pour sa vie. Les murs ont des oreilles vraisemblablement. C'est une partie de poker menteur qui s'engage entre elle et ses geôliers. Ce sont des goumiers, des paramilitaires, des indigènes qui sont formés à l'école coranique, des guerriers avides de sang et de cruauté. Elle reconnaît qu'elle est dans l'impasse, surtout que sa santé est très compromise. Les repas servis sont des pitances et sont trop souvent préparés à base de riz, de bananes et viande de porc, de poisson fumé, mais c'est peu varié. Elle a un petit appétit. Mama est désolée.

– Allez manger !

Préfiguration

Suite à cette soirée rocambolesque, un peu folle dans son ensemble, Allison a mal dormi. Elle a ruminé toute la nuit sans cesse, une idée faite d'horribles cauchemars. Elle a une atroce tentation d'éliminer Éric de la surface de la Terre, quelle que soit la manière. Elle se lève dans un état bizarre. Entre les assauts stupides et dépourvus d'élégance de Matt qui apparaissent sans âme et ressemblent plus à un harcèlement méthodique, elle a un pressentiment de s'être fourrée dans un imbroglio qui ne lui appartient pas. Pourtant en fouillant son cerveau, elle avait juré qu'un jour si on trouve la trace d'Helena, elle serait satisfaite de la prendre dans ses bras. Elle en doutait, elle en fera le deuil. Nadia était du même avis, le coupable devait être sous les verrous. Ce matin est sombre, empli d'une tristesse hivernale. Les actualités apportent leurs litanies politiques, les médias leurs basses critiques et leurs nouvelles ne balayent pas la grisaille permanente de la région. Elle enfile son peignoir, le drapeau rouge de l'incontinence fonctionnelle féminine flotte dans l'air en lui causant un léger malaise physique. Elle le rebute à chaque nouveau flux menstruel. Cette période est souvent liée à d'autres événements contrariants et parfois contraires, synonymes de chance. Hier, cette période coïncide avec des désagréments et des aboutissements inattendus. Matt a délibérément accusé Éric de forfaiture sur Helena. Elle était tentée pendant qu'il expliquait les affreux détails du meurtre de lui donner la mort, de le planter, ce qui est absurde, car elle était incapable de réagir. Elle lui accorde des circonstances atténuantes, ce qui la gêne, c'est qu'en l'absence d'Éric qui pouvait être l'assassin, tout désigné, Matt pouvait se targuer d'être un parfait innocent. Il ne restait plus qu'à faire parler le second témoin quitte à organiser une confrontation entre les deux acolytes. L'affaire est ardue, presque irréalisable. Témoigner contre Matt, pense-t-elle, est une très mauvaise idée qui pourrait alerter Éric. Insister auprès de Nadia à faire draguer la rivière est une parfaite initiative pour ouvrir le dossier. Elle se prend la tête, puis elle boit un café. Elle ne le déguste pas, elle a une légère agueusie, elle grimace, elle met cette petite incommodité sur le compte d'un baiser sans saveur avec Matt qui semble dire : je suis innocent devant le peuple ! Elle est soucieuse. Pourquoi gamberge-t-elle pour une affaire qui ne la regardait pas ? Enfin, c'est faux, elle recherche la vérité. Est-ce si important tel que son avenir en dépendait ? Ce qui la trouble, ce sont tous ces indices, tous ces rapprochements, toutes ces indications, tous ces liens causals qui convergent vers elle dernièrement, sans qu'elle s'en préoccupe de façon exagérée. Cette trace du destin, est-elle si recommandable de la suivre ? Elle peut tout laisser tomber, Matt y compris, mais cette mission est autrement commandée alors ? Certes, elle a toujours été une curieuse, ce point, elle ne pouvait pas le réfuter. C'est ce qui lui a permis de devenir une copine attitrée d'Helena. Cette inhérence liée à l'insouciance

jeunesse avait contribué à une défiance de cette fille
étrangère qui lui avait ouvert son cœur. C'était une
fréquentation éclectique, mais Allison y trouvait une
forte impression de combler son avidité de connaître.
Adolescente, elle ne tenait jamais en place, elle
courait, elle babillait, elle avait un tas d'amis qui la
trouvait barbante. Grande bavarde, elle s'était
améliorée pendant ces années de Faculté… En cette
fin de matinée, elle essaie de refaire surface, cette crise
de conscience, elle doit la dépasser, elle taquine du
bout des doigts son poisson qui tourne dans le mauvais
sens. Elle a un mauvais pressentiment. C'est une
révélation ! Ce week-end, semble être marqué sous un
pouvoir maléfique et empreint d'une lourdeur morbide
par son étrangeté. Elle ressent une torpeur et décide
d'appeler sa maman qui d'habitude à cette heure
tardive a déjà donné signe de vie. Elle ne répond pas à
son appel. Inquiète, Allison rappelle plusieurs fois, ce
sont les services à la personne qui lui répond.
– Elle est hospitalisée : un malaise cardiaque, elle est
en réanimation, mais ces jours ne semblent pas en
danger. Allison se présente à l'hôpital, après une
course folle sous une pluie battante entre taxis et bus,
elle est exténuée et le regard des urgentistes est sans
appel, la maman n'a pas survécu à cette dernière
attaque. Allison est effondrée, c'est trop en une seule
durée de temps. Elle ressent une faiblesse qui est de
l'impuissance devant les événements négatifs qui
parfois se multiplient sur un si court laps de temps
qu'ils ne donnent aucun répit au système nerveux. Ils
accablent jusqu'à l'effondrement total. Être confrontés
à ce genre de phénomène, même pour les plus forts de
caractère, c'est obsédant, mais toutefois contrôlable,

par contre pour d'autres, moins costauds, c'est l'enfer. Allison a des préjugés devant la mort surtout quand elle frappe de sa faux aiguisée, la famille ou des proches très intimes. Quand elle arrive dans la chambre qu'on lui a désignée, elle ne constate qu'un linceul blanc qui couvre le corps sans vie de son unique attache. Sa maman l'a quitté sans un mot. Elle se sent fautive, coupable de ne pas être là au moment où elle rendait son dernier soupir. Elle est affectée, c'est une trombe nuageuse et terrifiante qui s'abat sur elle. Le temps s'est arrêté. Celui des cajoleries entre mère et fille, celui de ces instants de bonheur à discuter de l'ancien temps, souvent du papa digne et respectueux parti trop tôt, assis devant une tasse de thé de Chine et des petits-beurre dont sa mère raffolait. Une vie partagée sans savoir quel en serait la fin et c'est aujourd'hui que le destin a décidé d'achever cette belle histoire de famille raccourcie. Allison aurait aimé lui présenter un futur époux, un petit enfant, mais elle avait avorté ce schème dans l'incompréhension totale de la défunte. Allison n'était pas partisane d'un mariage classique. Sans être rebelle, elle concevait les épousailles comme une contrainte institutionnelle négligeable qu'elle repoussait d'un geste aérien.

– Parfois de mariage ce sont deux anneaux qui se croisent chez le bijoutier et qui se retrouvent dans la boîte à bijoux pour la refonte.

Sa maman n'aimait pas ses réflexions basiques, elle suscitait chez elle une espèce de mépris comme si l'amour n'existait pas.

– Ma fille, tu vas finir dans un couvent…

– Je ne voudrais pas que tu assistes à un échec, ce n'est pas drôle d'insister, les mecs, ils veulent me mettre au lit, mais c'est tout, car les amoureux transis, les poètes d'aujourd'hui, maintenant, ce sont des spammeurs, des rappeurs, des baiseurs de grand chemin. Cette planète est infectée d'êtres nuisibles, il faut du temps pour dénicher l'oiseau rare... le baby-boom est enterré. La démographie est en chute.

– Ce constat est affligeant, je ne comprends pas cette démoralisation...

Elle lève le drap et ses sanglots sont lourds de peine, de tristesse et de chagrin. C'est ce qu'elle redoutait et qu'elle ne pouvait imaginer encore la veille, alors que sa mère protectrice de sa jolie voix soprano lui prodiguait encore ses derniers conseils en matière d'éducation féminine. C'est une litanie hebdomadaire qu'Allison respectait sans s'y appliquer, dans la mesure où cela ne reflétait plus une valeur unique et suprême dans l'existence de la nouvelle génération des milliénnials que dans la précédente. La carrière, l'argent, les biens, les propriétaires du patrimoine supplantent de manière générale les désirs, les rêves d'amour, de noces fabuleuses. Le célibat étant devenu en quelque sorte un luxe bénéficiant de la liberté et de l'indépendance sans marge. Elle est de celles qui jugent ce statut comme un acquis sans argumentations péremptoires. Sa maman se lamentait. Elle larmoyait à voir cette déconfiture, cette faillite morale, quand Allison lui louait son sacerdoce lié au caducée de la pharmacie. Elle lui cachait pour ne pas la choquer, toutes ses petites immoralités avec les hommes, ses passades et ses flirts. Elle aurait tant désiré lui avouer ses petites dérives, ses aventures amoureuses dans les détails, juste pour soulager sa conscience, parfois, elle avait besoin de se confier, mais sa mère aurait crié au scandale.

Elle regarde son visage émacié, terreux, elle se sent tout à coup seule au monde. Une situation dont elle ignorait l'effet irréversible qu'on rejette sans cesse jour après jour en espérant qu'elle arrivera le plus tard possible.

****

Matt est le premier étonné de l'absence d'Allison, elle est toujours ponctuelle. Dans les minutes qui suivent cette constatation illogique sur le fait, il se culpabilise. Il recherche dans sa mémoire quelque peu en bouillie ce qui a pu la retenir à son domicile ou si peut-être, en venant au travail, elle a eu un pépin sur son trajet. Il panique, lorsqu'il présume, à juste raison, qu'elle a peut-être fait un détour par le commissariat, alors il n'ose pas poser la question aux autres employés pour savoir s'ils connaissent la raison de son retard tout simplement. Ainsi, il ne dévoile pas l'importance de sa demande concernant une collègue qui au demeurant n'est pas à l'appel ce matin. Deux heures après l'ouverture des rideaux de fer et la porte d'entrée, Allison n'a toujours pas fait son apparition. Matt est perturbé, il accumule une série de légères erreurs inhabituelles, ce qui a pour effet de le rendre encore plus tendu et nerveux, car ces étourderies pourraient s'avérer imprudentes et graves. Il lève continuellement la tête vers la porte à chaque sonnerie de la clochette annonçant un client qui entre ou qui sort. Il a un petit sursaut et une mine défaite devant l'arrivée de la silhouette d'un familier certes, mais presque inopportune à ses yeux. Allison ne se montre pas et le calme de l'officine l'empêche de crier son désarroi. Le Smartphone étant proscrit sauf en cas d'urgence, il

patiente avec une boule sur l'estomac emprisonné dans
une idée noire. Il regrette d'avoir avoué la disparition
d'Helena. Allison a les clefs en main pour une
nouvelle enquête. Il ne tient plus quand le Boss
l'appelle dans le bureau qui jouxte le laboratoire. Il
tremble de la tête aux pieds, s'attendant au pire.
Le patron est assis négligemment derrière un bureau
encombré de papiers, d'ordonnances et de son
ordinateur portable de dernier modèle. Il a un air
obséquieux, le ton est bienséant.
– Vous savez, Matt, nous venons d'apprendre que
votre collègue Allison vient de perdre sa maman. Ce
dimanche, elle est décédée à l'hôpital. C'est
regrettable. Nous compatissons à sa peine et à sa
tristesse. Je sais que vous avez de forts liens d'amitié
avec cette femme qui est très proche de vous. Je
comprends tant que tout se passe extra-muros, on
ferme les yeux. Donc, je vous charge de faire une
quête et d'acheter une couronne de fleurs mortuaire
nominative.
Il ouvre un tiroir. En relevant ses lunettes, il lui tend
un billet.
– Voici cinquante euros pour commencer…
– Pas de soucis, je vais m'exécuter et je la ferais
déposer à la cérémonie. Je n'étais pas au courant. Je
viens de recevoir cette mauvaise nouvelle par votre
bouche. Je ne connais pas sa maman…
– Quoi qu'il en soit, je vous désigne comme le porte-
parole, le représentant de l'établissement, le reste n'est
pas de mon ressort. Allison est une employée hors
pair, j'espère et je tiens à ce que l'harmonie dans le
travail soit respectée. Je ferais en sorte qu'elle
reprenne vite sa bonhomie commerciale. Car elle est la

seule à vendre de la parapharmacie avec un chiffre d'affaires conséquent.

– Je connais ses qualités de service et son empathie.

– Alors, vous devez l'accompagner dans la douleur, elle doit redevenir rapidement active, c'est la loi de la finance, on ne peut payer des salaires mirobolants si la boîte ne tourne pas. Je compte sur vous aussi pour que nous soyons compétitifs. Les grands groupes pharmaceutiques nous assurent la plénitude, mais il faut que les branches médicales se tiennent la main. Vous aurez toujours du travail, prenez modèle sur Allison, elle sait flatter, elle est perspicace, commerciale, elle vendrait des chaussettes au « va-nu-pieds » du coin sans le sou !

– Est un reproche de votre part, concernant mon travail ?

– Absolument pas, j'ai pu voir un ralentissement de votre activité depuis quelques semaines. Si ce n'est pas édifiant, c'est peut-être temporaire, nous avons tous des baisses de régime suite à des problèmes d'ordre conjugaux, familiaux et parfois d'autres, plus secrets, inavoués. Mon rôle n'est pas de faire une critique exacerbée sur le personnel engagé, mais simplement de lui faire un rappel des obligations de chacun. Jusque-là, je n'ai pas à me plaindre de vous.

– Merci, je suis prêt à vous donner satisfaction.

– Allez rejoindre le comptoir, on perd notre temps dans de légères discussions. Mais dites-moi, j'ai cru savoir que vous entreteniez de bons rapports avec la pauvre Allison, alors c'est pour cette raison que je confie cette petite mission. Il sera plus facile pour vous de la consoler de cette terrible épreuve.

– Je n'étale pas ma vie privée, les cancans, les rumeurs, c'est l'occupation de curieux, de médisants.

Gérard Baker .*Les sens ont de mémoire*

– Quand on exerce une profession comme la nôtre, il est nécessaire d'être très irréprochable, d'avoir une tenue correcte en tout lieu. La mise au point est terminée, vous pouvez aller. Soyez prudent, votre passé pourrait vous rattraper et si j'ai été conciliant à l'époque, je ne pourrais plus rien faire pour vous en cas de récidive.

– Merci, je suis à votre écoute. Je peux vous assurer de ma parfaite honnêteté, que la qualité du travail ne devrait pas s'en ressentir dans les jours qui suivent. Merci aussi pour votre confiance à mon égard. Je suis très éprouvé par cette annonce, je vais mettre tout en œuvre pour qu'Allison puisse être dans le meilleur état de service.

– Inutile de louanger davantage, allez…

****

Sous les peupliers centenaires où craillent des dizaines de corneilles, battant de leurs ailes noires et rappelant par leur présence que la mort rôde dans les parages, l'oraison funèbre s'achève. Matt s'est retiré de la plupart des familiers, ce sont surtout des Franco-Italiens, des parents très proches de la défunte et des amis inconnus. Il est mal à l'aise, quand son regard croise celui d'Allison. Celui-ci est fermé, empreint de fatalisme, mais pas hostile. Ses yeux sont remplis de larmes, elle donne l'impression de solliciter un geste, une parole de soutien, qu'il condescende à lui adresser un signe ou une expression qui viendrait que de lui-même. C'est son défaut, il est incapable de manifester de la plus humble des manières une salutation, une condoléances, un témoignage de sympathie. Il est contrit, dénotant complètement son abattement.

Allison le fixe longuement en soulevant la petite voilette noire qui lui cache le visage dans l'attente d'un ultime réconfort. Elle lui tourne de dos et rejoint le groupe sans plus se soucier de lui. C'est à ce moment-là qu'il s'aperçoit qu'il vient de manquer à une obligation de convenance respectueuse. Il essaie de donner une bonne figure au moment des remerciements, mais il gaffe encore en appuyant un baiser à n'en plus finir au bord de la bouche d'Allison qui en pâlit de confusion, soucieuse de garder une certaine honorabilité sous le regard interloqué de ses proches. Matt est éperdu, il est trouble, il est trop souvent inconstant, dans certaines situations qu'il ne maîtrise pas comme aujourd'hui. Il préfère fuir. C'est d'ailleurs ce qu'il fait sans se retourner. Le temps est blafard, un rideau de brouillard l'enveloppe, il fond dans la brume épaisse, il est décontenancé. Rien ne va bien dans son existence. Il rentre chez lui, demain, il doit rendre compte de la cérémonie au patron qui depuis le départ de Jane, lui tape sérieusement sur les nerfs. Les reproches quotidiens vont bon train, mais ce qui l'agace davantage, c'est que le Boss a élevé Allison au rang de responsable du laboratoire des analyses. Elle, seule serait habilitée à exécuter des prélèvements. Elle aura un salaire en conséquence. Il l'avait déclaré la veille à la cantonade.

– Elle mérite cette attribution, depuis de longs mois, je réorganise notre petite société et nous devrions rénover ce bâtiment vétuste pour mettre à jour une nouvelle structure moderne. Allison souhaite travailler dans un milieu plus approprié et plus accueillant. Elle sera donc notre laborantine de luxe. Si vous avez des questions, il faut les poser maintenant. Il se profile que vous allez prendre vos RTT, vos congés et ensuite une part de chômage technique. Reposez-vous pendant les fêtes de fin d'années et les travaux de réfection. Allison me secondera pendant cette période et restera à mes côtés.

Le Boss a un faible pour elle, mais bien entendu, il mène une stratégie de protectorat, par une mainmise judicieuse mettant en avant une richesse d'esprit et une offre financière appréciable. Cela étant, une jalousie sournoise s'était installée entre les deux hommes. Chacun, à sa façon, ressent ce sentiment dont le cœur d'Allison ignore en être la cible directe.

Quelques jours après ce week-end chaotique, en sortant du cimetière, les épaules lourdes de toutes les calamités dont il fait l'objet, il est transi, il est démuni, c'est la scoumoune totale, il se demande ce qu'il peut arriver de plus néfaste. On approche des fêtes de fin d'années, il fait un froid de canard. Avec de la chance, il pourrait passer les fêtes avec Allison. Tout est illuminé, mais pas pour lui. Sa famille est réduite à sa simple expression, la fréquentation éteinte. C'est dans cette conjoncture que l'on ressent l'absence d'enfant. Jane n'avait pas cette obsession et maintenant l'idée d'y penser est superflue. Allison reprend le travail après un long conciliabule dans le bureau du patron. Cet huis clos dure une grande partie de la matinée. Matt regarde l'horloge dont la lecture numérique affiche et égraine les minutes de son impatience et son désappointement. Il est de nouveau désemparé, le contexte lui semble défavorable, il estime que le patron a posé des jalons en or massif et qu'il soudoie la belle Allison pour obtenir des faveurs. Il profite du moment de désarroi qu'elle éprouve pour l'avoir à sa solde. Pourquoi n'en seraient pas ainsi comme dans la

plupart des professions ? C'est le quotidien des puissants, se dit-il. Ce qui l'inquiète surtout c'est l'état actuel des choses. Allison est moralement libre et accessible, tel qu'aucune personne dans son entourage ne puisse s'opposer à une quelconque liaison. Elle peut vibrer de tout son cœur et de toute son âme, dans un futur proche, sans avoir à se formaliser sur ses actions. Est-ce donc là peut-être une bonne raison pour la conquérir plus facilement ? L'hyène vient manger sa proie déjà morte par le deuil. Matt est soucieux, son comportement nébuleux au cimetière n'est pas pour le rassurer. C'est par dépit qu'il sert les patients et les autres clients avec un sourire figé. Masquant de ce fait, celui qu'il offre habituellement qui est commercial. Quand on se renseigne sur l'état de tristesse d'Allison, il a envie d'envoyer promener son interlocuteur. Il répond.
– Ça va, ça va, elle va bien, elle vous dit merci.
C'est aussi la porte du bureau qui affiche une étiquette qui pendouille où il est écrit « Not disturb » et qui lui bouffe le sang. Il est pris entre deux portes. Chacune d'elles dans son état d'esprit s'oppose, l'une à s'ouvrir pour faire entrer les clients et l'autre porte pour en faire sortir Allison. Celle du patron reste close et c'est une adversité ; l'autre s'ouvre et tout s'intrique mal. Cette Italienne au cœur chaud lui fait du tort. Elle a peut-être caché, depuis longtemps son attirance pour le Boss. Pourtant, elle disait le détester, car il était trop pressant, trop prévenant pour être honnête et d'une fausse intégrité qui paraît sans faille. Pour Matt, c'est acquis, l'homme est marié à une superbe femme ; frisant la cinquantaine, il est séduisant et fort orateur du genre « Vieux beau » qui distille avec humour une abondance de compliments qu'Allison reçoit avec le

sourire entendu d'une femme touchée par le ton flatteur employé. La *Bellissima*, il la surnomme ainsi, car, dit-il, Allison a tous les traits d'Anna Magnani qui l'incarnait au cinéma en 1951, elle est bonne pour un casting, elle a tout pour être actrice, mais elle aime ma pharmacie ! On ne va pas lui reprocher d'être une vraie professionnelle. La beauté reste une richesse quand elle mise sur le marché, aujourd'hui toutes les miss ont une carrière assurée par les trusts qui se foutent pas mal des affaires sexistes et féministes.

Matt analyse toutes les conversations que le Boss avait pu entretenir çà et là précédemment. C'est en profondeur qu'il dissèque chaque phrase et qu'il en comprend tous les sens détournés à chaque fois qu'il épilogue sur la gent féminine. Il s'assure qu'Allison soit au premier rang ou en face de lui pour qu'elle acquiesce. Quand ses yeux brillent de bonheur en voyant qu'elle approuve son court monologue, il se retire en souriant.Matt maîtrise cette subtilité de langage et de raisonnement, mais il lui reste à savoir à quel point, Allison enregistre la notion de la beauté. Est-elle donc attendrie de tant de louanges qui lui vont droit au cœur et qui la font fondre de bonheur ? Cette femme lui a démontré qu'elle possède beaucoup de charisme, mais est-elle capable d'accepter une main tendue, une main prête à lui caresser le dos pour accéder à une meilleure situation professionnelle ? Il s'abstient de porter un jugement trop hâtif sur elle, il a de l'estime pour elle. Il s'entiche, mais elle le tient à distance, depuis le soir de leur coucherie désastreuse. C'est ce qu'il veut oublier le plus vite possible si la suite des événements, jusque-là, peu en sa faveur, le permettent.La porte du bureau s'ouvre alors qu'il répète plusieurs fois la posologie d'un médicament à un client un peu sourdingue et qui semble ne rien comprendre de ce qu'on lui dit. Matt freine une légère crise de nerfs, il jette un œil furtif sur Allison tout en baragouinant une litanie de nombres et d'heures en montrant d'un doigt pointu les écrits sur la boîte. Il est au bord de capituler quand Allison s'approche et lui arrache la boîte des mains et explique au monsieur les doses à prendre dans un langage très académique. Ce monsieur l'écoute intensément et la remercie en emportant le remède sans autre explication. Matt est sidéré. Allison le sort de son empêtrement dû sans contester à la cause directe de cette longue attente où elle a siégé dans l'antre directorial. Allison est légèrement échevelée et c'est ce qu'il croit remarquer au premier abord, quand elle débat majestueusement avec un nouveau client. Il recherche le détail vestimentaire ou corporel pouvant être considéré comme la preuve d'un écart de conduite conséquent. Si par hasard, elle est un peu rubescente du visage et c'est le cas, il n'est pas interdit de penser qu'elle porte les fins stigmates tout à fait relatifs d'une émotion qui l'a perturbé. Il n'est pas loin de croire qu'elle a subi un questionnaire en règle ou des avances. Rien n'apparaît vraiment physiquement. Elle virevolte entre les casiers sans lever la tête, c'est un signe qui en dit long sur son comportement désabusé. Pendant des années, il en est pratiquement sûr, elle a toujours été pondérée, affable, très stylée, remarquable dans ses démarches, ce n'est pas le cas depuis sa sortie qui semble subite. C'est ce qu'il a entrevu rapidement, trop occupé à cet instant précis où elle referme la porte derrière elle. Elle lui pose une énigme tout en mettant une fin à un stress inexplicable. Matt n'est pas ce que l'on peut considérer totalement, un grand instinctif de nature. C'est ce qu'on lui reproche souvent, il en a conscience, mais au jeu du chat et de la souris, il a souvent réussi à attraper sa proie. Il était adroit pour draguer les filles pendant sa jeunesse. Le Boss est classé dans l'échantillon des hommes de pouvoir qui profite de la faiblesse affective d'une personne pour s'emparer d'elle. Avant Allison, une seule et probable méprise entoure le personnage, mais le fait n'est pas marquant. La fille en question n'avait pas sa langue dans la poche et elle l'avait proprement insulté devant le personnel présent, mais en n'y apportant aucune raison valable. Cela ne déterminait pas une légère insinuation. Le Boss semblait ébahi par tant d'animosité, il avait répliqué.

– Quand on embauche, il faut beaucoup donner de temps à la réflexion avant de réagir. C'est parfois une erreur que l'on regrette souvent ensuite, quand vous pensez rendre service, alors que cette personne même dans le besoin trouve sa fonction aléatoire et pas assez rémunérée.

Matt se souvient de ce piètre événement. Cette fille n'avait pas les atouts exploitables ou appropriés dans le sens général de la belle Allison. Si le profil ne convient pas, toutes les excuses diffamatoires sont bonnes pour se séparer de l'élément gênant.

Il n'avait d'ailleurs pas adhéré à ce renvoi qui suscitait chez lui, à l'époque, une contrariété. Le Boss abusait…

Cette anecdote trottait dans sa tête et confirmait son opinion envers le patron. À son avis, l'abus de pouvoir est ce qui convient de nommer ce genre d'influence sur des personnes préposées à une tâche déterminée et assises sur les genoux de l'employeur. Aujourd'hui, il aurait bien interrogé cette fille du passé si elle se trouvait devant lui, il aurait sûrement une réponse. En vertu de quoi, il pouvait le qualifier de vicieux ne respectant pas les règles élémentaires du monde du travail. Matt est mal à l'aise, lui-même est compromis, il ne peut que s'incliner devant ses agissements pernicieux. Il se tait sachant que la moindre dérive peut lui coûter sa place. Déjà abattue par des problèmes de couple et par la relation amoureuse très difficile avec Allison, c'est largement trop pour qu'il s'engage dans une nouvelle confrontation, faute de preuves tangibles, elle n'aboutirait nulle part. Il est donc attentiste. Allison tourne autour de lui, elle ne lui adresse pas la parole que pour de sobres questions liées à la marchandise. Elle évite toutes sortes de contacts physiques ou effleurements qui puissent être considérés comme une entente, une familiarité, une intimité relative Matt serre les dents pour ne pas la raccrocher, la bloquer dans les espaces, lieux d'étreintes exaltées qu'ils s'étaient réservés et qui les tenaient en haleine depuis quelque temps. Allison est énervée, cette crise de conscience s'éternise. Elle sort de l'alcôve patronale. Très fortement déprimée, elle en veut à tous les hommes de toute la terre et même à ceux de bonne volonté qui dans le présent ne valent guère mieux, tant l'hypocrisie est leur première valeur morale et humaine. Matt est un fardeau qu'elle traîne qui a priori n'est guère plus élégant au niveau vertueux et intellectuel. C'est pourtant, songe-t-elle, en faisant le tour très élargi de ses connaissances qu'il semble être le plus adapté, malgré ses manques et ses faiblesses pour lui tenir compagnie en l'absence de sa regrettée maman.

Gérard Baker .*Les sens ont de mémoire*

Par contre, Matt c'est le suspect, l'irascible, le petit virtuose des choses de l'amour physique, ombrageux, mais très protecteur. Il a un côté chérubin affectif qui n'est pas à dédaigner, il est surtout le témoin numéro un, c'est ce qui lui tient tant à cœur. Une autre raison que celle-ci, c'est peut-être ce manque de tact et cette gaucherie qui l'empêche d'être un amoureux accompli, mais pense-t-elle, on peut le soigner, on peut le corriger avec le temps. On n'est pas toutes des pouffiasses qui crachent sur la gent masculine, j'en suis persuadé ! Si Matt est un peu rustre, elle a quand même son assentiment certes frileux, car il manifeste une crainte, un doute pour l'avenir. Allison est tellement lasse de toutes les propositions d'hommes et de femmes que cela ne la touche plus. Elle ne les écoute plus. La perte maternelle la rend plus attentive à toutes les bonnes intentions qui lui sont attribuées, mais ne cachent-elles pas d'autres travers plus sombres ? Matt n'est pas une véritable épaule où l'on se repose dessus, mais il est présent. C'est une âme charitable, elle en convient.

Toute la Journée, elle cogite entre deux clients, feignant des sourires de courtoisie effacés. Elle sort de ses gonds, le soir même. Elle interpelle de façon foudroyante à la sortie du travail, Matt est surpris par le ton qu'elle emploie et qui peut déstabiliser le plus vaillant des guerriers. Alors qu'une bruine froide l'humidifie ainsi que les pare-brise des voitures garées et que le paysage urbain environnant s'enduit lentement de verglas, elle s'exprime hautement, campée sur le trottoir, tandis que Matt, frigorifié, rentre les épaules et resserre son cache-nez en l'écoutant.

– Matt, il faut que tu comprennes que je ne vais rien dire à Nadia. Il faut que je te voie ce week-end, j'ai un projet pour nous et ensuite, je te raconterais mon interview avec le patron. Ce n'est pas joli ! Si tu ne veux rien savoir de tout ça, va te chercher une autre femme, mais après tu auras la vie dure. Je ne te laisserais pas tranquille tant que la vérité n'aura pas éclaté au grand jour. Alors réfléchis et vite !

– Tu n'y vas pas de main morte et tu ne t'encombres pas l'esprit pour me solliciter un rendez-vous.

Allison remonte le capuchon de sa parka couleur aile de corbeau, un sombre habit de deuil dont le tissu devient luisant sous l'effet de la pluie fine devenue pesante… Elle le fixe de ses yeux noirs interrogateurs. Elle présume qu'il va donner son accord, car ce n'est ni le moment ni le lieu pour traîner à discuter surtout devant la vitrine de la pharmacie. Il est planté, dans le vague, il est laconique, c'est son naturel et il s'emmêle les crayons, s'il réagit très vite pour se défendre, il est incapable de prendre une option, car il est encore sous le coup d'une simulation ou d'une tromperie de sa part. Ce sentiment le paralyse. Allison est-elle cette charmante manipulatrice qui le mène par le bout du nez pour obtenir des faveurs, voire des privilèges de son employeur et de sa propre personne ?

– Oui, oui ! Non, c'est quand ? C'est quoi ? Oui, je veux, OK !

– Alors, chez toi, si t'es dispo, on a encore des choses à dire. Chez moi, ce n'est pas possible, des affaires de ma pauvre maman encombrent l'appartement. Samedi, c'est cool. Ne t'inquiète pas ? J'assure le repas du soir, pizza, ça te va ? Mais pour le reste ce n'est pas écrit dans la table biblique de l'Ancien Testament. J'ai assez de chagrin pour que l'on respecte mes droits et mes humeurs. On est en congé bientôt !

– C'est plus que je n'espérais, en guise de testament, tout est laconien quand tu exprimes tes desiderata, mais je suis d'accord pour une nouvelle entrevue si cela peut permettre d'apporter des nouveaux éléments à ton enquête perso. Tu as la dent dure et de surcroît, très rancunière, cette vieille histoire…

– L'endroit n'est pas commode pour s'étendre sur le sujet. Cette pluie ruine toutes les conversations sérieuses. Demain sera un autre jour crucial dans tes décisions, je te souhaite une agréable soirée.

– Fâchée ?

– Pas du tout ! Je me refroidis, j'ai une seule envie, c'est de boire un truc bien chaud, les pieds dans mes pantoufles, mon legging, mon grand tee-shirt, une tenue cool et de me retrouver sous la couette sans emmerdeur. Voilà ! Ma solitude, ma tristesse, mon amertume, retirée pour une soirée de tout ce monde fourbe qui me fatigue…

– Mille excuses Allison, je compatis à ta douleur…

– Va… ce n'est pas tes excuses qui changeront le contexte et ma souffrance.

– Bonne nuit, je ne t'embrasse pas, mais le cœur y est.

– OK, bye !

****

C'est une autre femme qui se présente ce samedi. Allison est vêtue d'un survêtement bleu azur et chaussé de baskets mauves fluorescents. Elle a un bandeau qui retient ses cheveux et semble peu maquillée. Elle apporte deux cartons qui renferment des pizzas et une bouteille de Lambrusco. Elle a le souffle court, elle sourit légèrement en les lui tendant d'un air indifférent.

– Je ne connais pas tes goûts en ce qui concerne la pizza, mais j'ai fait au plus simple, ce sont des Margherita avec la sauce pimentée, si tu veux l'ajouter.

– Pas de problème, cela m'ira. Ça va ? As-tu fait du sport, du jogging ?

– Sûrement… c'est le temps pour faire du patinage ou du ski, mais pas pour courir. Seulement, moins on en montre, moins on est assailli par les monstres à deux pattes de notre civilisation. Mais, je pense à faire de la musculation en prévision d'un projet.

Elle s'assit en bout de table. Le regard interrogateur, Matt se demande ce qu'elle mijote. C'est trop souvent qu'elle lui soumet d'incroyables problèmes moraux et là encore, elle le prend de haut en le désignant d'un doigt. Elle baisse la tête en ouvrant les boîtes de pizza, elle les renifle avec satisfaction, les narines réceptives, la bouche entrouverte, elle soliloque.

– Elles sont délicieuses, elles sont encore chaudes, il ne faut pas perdre de temps pour assouvir notre gourmandise. Ce pizzaiolo est très professionnel, dommage qu'il soit aussi dragueur… À croire que je suis une croqueuse d'hommes, c'est soûlant ! Moi, je préfère mordre dans une bonne part de « Vulcano » si elle est bonne, quitte à en avoir plein les dents avec un sourire crémeux de Mozzarella que d'accepter un massage de ses mains farineuses... Sono l'italiano !

– Merci, on mange, ensuite, tu vas me dire tout ce que tu as sur le cœur.

Gérard Baker .*Les sens ont de mémoire*

Elle coupe des parts consistantes pendant que Matt en silence ouvre la bouteille de mousseux, mais Allison déblatère rapidement, elle a le souci de vider son sac, car ses derniers temps, la vie n'a pas été facile pour elle. D'ailleurs, elle s'ébaudit, euphorique pendant quelques minutes, se moquant de tout ce qu'elle ressent puis elle retrouve son sérieux.

– C'est à chialer de rire, mais c'est aussi désolant. Le Boss très bien ! Figure-toi, il est amoureux de moi, depuis des lustres. Alors, je te passe les minauderies de chat de gouttière, la pommade de l'abbé à cornes. L'offre est sincère, elle part de bonnes intentions honorables avec la rémunération de sous la table, avec moi, peut-être à genoux, en se prolongeant par les voyages d'affaires somptueux et mirifiques. La croisière sur un voilier lui appartenant. Le grand prétexte toujours alloué gracieusement, le mérite de savoir qu'il serait perdu si je n'étais plus à son service. Voilà pour la démonstration épatante de l'homme qui veut me sauter en catimini. Mais ce n'est pas fini…

Elle croque dans son morceau de pizza, la pâte, quoique grossière, est onctueuse. Elle savoure, c'est épicurien. Elle mâche en plissant les yeux, elle se régale. Matt la suit du regard en attendant la finalité qui le préoccupe.

– Quand c'est savoureux et que l'appétit est là, c'est un peu mon défaut, je mange !

– Ce n'est nullement un défaut, je n'ai jamais toléré la bouffe spéciale, les repas bio, équilibré, mais immangeable sans goût ni odeur que Jane me proposait et qui me déplaisait. Avec toi, j'ai repris le chemin de la gastronomie.

– Si on continue, on va devenir gros comme des moines et on va se payer un taux de cholestérol, noirci en gras sur la fiche d'analyse de sang et un diabète de type deux.

– Pour l'instant, ce n'est pas le cas. On profite. C'est excellent pour le moral. Le Lambrusco passe très bien, il n'y a pas de degré véritablement...

– Cela nous assure une bonne digestion. Pour la suite plus cocasse, ce monsieur, homme de cœur et d'honneur, va justifier son choix qui pourrait l'amener à divorcer. On est dans un roman baudelairien, qui décide de mon avenir en quelques heures. Sa femme n'a plus l'essor d'avant, elle est devenue écervelée et se noie dans l'insuffisance. On est dans une réplique du genre laclosien dans « *les liaisons dangereuses* ». Je suis certaine que c'est son livre de chevet. Il superpose toutes les citations apprises dans sa propre langue afin de me séduire par son côté érudit en masquant son désir. C'est ainsi qu'il cite : *et l'homme et la femme savent depuis la naissance que dans le mal se trouve toute volupté*. Donc le mal est précisé comme tel, alors je dois marcher dans sa combine comme la petite imbécile de Cécile, niaise, stupide, mais sensuelle. Il est adroit le Boss, il trouve en moi une confidente. Il aime la femme naturelle telle que je la représente à ses yeux. S'il se déclare aussi tardivement c'est que dans le malheur qui me touche, il sera d'une aide sans faille...

Matt est impassible, elle déroule ses propos en fustigeant le patron. Elle s'arrête entre deux bouchées qu'elle déguste en se pourléchant les doigts de fils tendus de fromage fondu. Elle claque de la langue et la sort effilée sous sa forme gourmande. Il l'écoute, son visage ne marque pas la surprise, il avait déjà soupçonné le patron de créer du favoritisme. C'est trop flagrant pour l'ignorer.

– Il se veut opportuniste, la raison n'est pas choisie, mais les jours qui ont marqué mon absence l'ont confortée, paraît-il, à m'apporter du soutien moral sans autres exigences. Le Don Juan vertueux a continué son impitoyable fredaine en qualité d'homme moral en tournoyant dans la pièce en cachant son arme de séduction sous la cape. Moi, assise, il était difficile de placer un mot. J'ai répondu que ce déballage affectif, quoique très flatteur et séduisant venant d'un admirateur trop complaisant, demande de la réflexion. C'est à partir de là, après avoir rétorqué qu'il s'est assis en face de moi en me tenant les mains. Tétanisé, son regard enjôleur essayait de pénétrer le mien qui s'embuait. Il me suppliait de convenir à une entente entre nous et de ne rien dire à quiconque. J'ai senti sa fièvre, ses mains chaudes pressaient les miennes quand il m'attira vers lui. J'ai refusé le baiser, mais il m'embrassa sur la joue.

Matt veut en savoir davantage, il la laisse parler. Il se goinfre de la pizza à s'en étouffer, quand le récit devient passionnant. Allison n'a pas d'égal pour lui faire monter la pression. Il scrute chaque expression sur son visage, sa moue résume sa façon d'appréhender les événements dont elle est le principal personnage.

– C'est aussi croustillant que la pâte à pain, c'est aussi pétillant que le mousseux et maintenant, j'attends une suite crémeuse ma chère…

– Je me suis levée, quand il a tenté une diversion à deux sous. Il a touché lestement mes cheveux de la paume en riant. C'est curieux, on pourrait se faire emballer, il a l'art d'exprimer l'amour, il est touchant et plein de compassion.

– J'aime votre belle crinière, Allison, vous êtes une femme de pouvoir, d'argent et de volupté.

Je l'ai quitté sans un mot, je n'avais pas de réponse, je suis trop libre d'esprit pour m'encanailler avec un libertin du préservatif. Depuis trois jours, il est absent et c'est aussi un fait appréciable. Il est au besoin d'éclairer sa lanterne. Le mal est fait, c'est la conséquence d'une vanité froissée ; il peut toujours espérer, mais la vertu ordinaire l'emporte. L'artificier va manquer de munition, il a fait tout fait pété d'un coup, son bouquet final à l'allure d'un fumigène consumé. Dommage, j'ai de l'estime pour lui, j'ai vu ses approches depuis longtemps, il a de l'attrait, j'ai, dans une période très lointaine, eu la faiblesse de les accepter et même d'y consentir. Ce qui me trouble, c'est qu'il attende la mort de maman. C'est très mesquin !

– Ben, c'est la suite qui intrigue.

– Il n'y aura pas de suite avec lui, même s'il cherche à me virer. Les congés arrivent. C'est le moment de rêver pour voyager. Qu'en penses-tu ?

– C'est une idée qui me trotte, mais cet hiver, mis à part les pentes enneigées, le soleil, il faut le chercher entre les nuages.

– Justement c'est que je te propose, veux-tu m'accompagner, bien que tu sois marié, toi aussi ? J'ai dans la tête de sortir du deuil. La seule façon, c'est l'évasion et une femme seule est la cible de tous les malfaisants de notre époque.

– Pour aller où ?

– Sur les traces de ta femme et de son probable bourreau pédophile criminel.

Gérard Baker .*Les sens ont de mémoire*

– Tu es devenue folle !

– Les perceptives que je devienne une vraie folle sont élevées. Je le sais depuis mon enfance. Merci pour ton jugement ! On a localisé dans un rayon d'une cinquantaine de kilomètres environ, ce sacré Éric. Et je crois que le manque de balises est responsable du fait que ta femme ne peut pas t'appeler. Je te signale que je suis en possession d'une liste de numéros qu'Éric a eu la complaisance de me communiquer. Il suffit que je téléphone. L'opérateur m'a beaucoup renseigné, c'est à Madagascar et plus précisément sur le territoire de Diégo-Suarez ou Antsiranana que les amants vivent leur idylle…

– Pourquoi dénicher, Jane et Éric, avec le risque peut-être de la mettre en danger ? Je ne comprends pas que tu sois aussi attachée à découvrir une vérité qui est celle que je t'ai racontée. C'est absurde, c'est à Nadia de le faire, tu n'es pas concernée par cette affaire même si Helena était ton amie. Tu es rancunière et plus encore, tu es butée !

– Et voilà le héros du soir, ta femme est entre les mains d'un présumé criminel et cela ne te choque pas ?

– Les années folles, il y a prescription libératoire, je crois.

– Et, alors, le crime restera impuni ! Mais peut-être que c'est pour te soustraire à une inculpation ?

– Allison, je vais être franc avec toi, je crois que je vais te suivre dans la jungle malgache que si tu me dis la raison de ton entêtement. C'est concret comme question.

– Mange ton morceau de pizza, il est presque froid. On ne joue pas au malin quand on a un cadavre sur le dos. Si j'en suis à faire de mes vacances au soleil, une prospection en règle, c'est que la justice n'a pas fait son travail. En plus, tu auras le plaisir de retrouver ton épouse.

– Tu te moques de moi, alors que tout s'achemine vers un divorce. Dis-moi à quoi cela te servira de savoir, ce n'est pas capital dans ta vie !

– On doit détruire le pouvoir satanique de cette personne qui pourrait être condamné pour d'autres faits. Il est radicalisé, donc capable de tout, c'est suffisant pour que tu t'allies avec moi et que tu partes en campagne.

– Comment as-tu appris cette information ?

– Tous ces gens sont fichés et lui est dans la liste. Ce n'est pas mon petit doigt, mais une amie des renseignements généraux. Pas de secret, c'est normal, le dossier est ouvert à quiconque veut y accéder. Putain, on était en dehors du coup, mais l'étau se resserre sur son identification. La belle Nadia a fait son chemin. On peut obtenir et recevoir des données si je le demande. Son nom, à ton ami pourri c'est Maki, alias Alharb Alfaransia.

– Oui, je sais, mais, là, on touche aux idéologies, aux religieux, aux croyances, aux spirituels ! C'est ce qui me fait peur, car je ne connais pas grand-chose à ces histoires qui défraient la chronique. Les attentats…

– On ne cherche pas à faire la guerre contre une religion, mais contre un homme et une jeune femme. Si on respecte le contexte, on peut observer ce qui se passe dans ce pays. Ce sera sous le couvert d'examiner et de faire des recherches sur les plantes tropicales, le voyage d'études, chacun avec un visa. Je te rappelle que je connais Éric et qu'il me propose pour m'appâter de vivre sur cette contrée sauvage où je serais sa collègue ? Donc le piège va se retourner contre lui. Je vais lui faire croire qu'il peut me rencontrer quand il vient en France, je serais dispo. Sinon c'est moi qui voyage. L'important, c'est d'obtenir ses coordonnées.

– C'est jouer avec le feu, il n'est pas idiot à ce point pour tomber dans ce panneau aussi mal dressé.

– Je suis endeuillée, virée de la pharmacie, à cause d'une conduite impardonnable avec le Boss. Et puis que je couche avec un copain qui ne vaut pas une chique au lit, si ce n'est pas un bon profil, alors c'est quoi ? Une envie de voir le monde. Hop, le tour est joué.

– C'est le Lambrusco qui t'éclate le cerveau.

– Si je lui dis que je fais dodo avec toi, il va trouver ma requête un peu relou. Si je te donne une nouvelle chance ce soir, tu ne pourras pas nier le contraire. Alors, on part ensemble ? Enlève cette photo de mariage qui me dérange ! J'ai surtout une envie qu'on me prenne dans les bras.

Matt est ébahi par l'attitude d'Allison qui en quelques secondes se lève et se déplace de la table. Elle se glisse sur ses genoux et l'embrasse gentiment dans le cou en serrant sa poitrine contre lui. Elle tire sur le zip de son survêtement. Matt l'accueille sans la brusquer. C'est une éternité de bonheur, ils sont collés l'un contre l'autre, Allison laisse s'extérioriser et se répandre une plainte prolongée, une lamentation.

Matt dans un murmure la console de son effroyable tristesse.

– Oui, je vais venir avec toi jusqu'au bout du monde.

Allison craque, Matt s'effondre, leur destin est lié par un amour renaissant. Ils sont deux êtres chavirés et engloutis, blasés et las de principe par l'usure du temps. Allison le remercie, mais regrette qu'il n'ait pas pensé à la séduire, ne serait-ce que quelques secondes pendant toutes ces années de collaboration. Matt est reconnaissant. Cette jeune fille fraîche avec son regard d'ange, lui permet de revivre une nouvelle jeunesse en freinant sa libido, elle lui procure un élan de jouissance inestimable.

Leurs ébats sont magnifiques et leurs plaisirs partagés. Elle dort comme une enfant sage. Matt très alangui, il reçoit ses petits coups de pieds nerveux. Il perçoit son souffle court. Il est enchanté. Aucun débordement de sa part, aucun reproche ne sont survenus, juste l'entendement, une myriade de caresses, une symphonie voluptueuse. Occultant une série d'épouvantables jeux, où il faut que l'un des amants perde la gouverne. Que celle-ci, que celui-ci soit le bourreau, soit l'opérateur de la séance, ce qui pourrait s'apparenter à un combat d'animaux féroces. Matt est dans l'admiration, quand elle est dans l'acte, c'est une active sans œuvrer pour une performance comme une finalité. Cette pause après l'envol est d'autant plus plaisante qu'elle assouvit toutes les tensions. Matt réuni sous la couette dans les bras et les cuisses de son amante s'endort du sommeil du juste. Elle le précède après s'être donné le temps de l'embrasser sur tout le corps jusqu'aux creux sensibles des reins de ses lèvres chaudes et humides. C'est une sensation nouvelle que Matt ignorait. Il savoure cette initiative, ce bain de jouvence qui l'emmène loin, après l'avoir comblé de plaisir. Il a une érection, il se rassure de sa virilité, il s'abstient, laissant à Allison en faire la preuve avant qu'elle ferme les yeux. Demain matin, le réveil sera éblouissant comme un soleil d'été.

Une tiédeur immense se propage dans le duvet soyeux de leur corps repu d'une nuit d'amour presque virginal. Matt lui avait donné tous les pouvoirs de l'abandon, bercé par un élan, c'est totalement en chœur qu'ils prirent leur plaisir commun, haletant de tant de volupté. Il a fallu beaucoup de maîtrise à Matt pour ne pas provoquer un autre débordement hâtif. Aux confins de cette embellie, il ne se souvient pas avoir approché une telle candeur, une telle apoplexie sensorielle aussi intense. Il est encore sous cette béatitude quand Allison se pelotonne contre lui.

Allison l'avait encouragé à plus de réserve, plus de précaution, de modération dans son action. C'est elle, qui en accomplissant des gestes simples recula pour choisir le moment où il pourrait prendre la possession de son corps en effervescence, tendu comme un arc, d'en profiter au ravissement et au comble de l'excitation. C'est probablement, pense-t-elle ce qui manque à un grand nombre de couples depuis l'Antiquité ? C'est ce qu'elle lui murmure quand elle se réveille satisfaite et souriante. Cet effleurement de l'amour charnel au paroxysme de la volupté, elle est certaine de n'en avoir pas connu d'aussi flamboyant. Le bonheur de l'orgasme est si court et si fugitif, mais si fort qu'elle veut le garder dans sa mémoire. Ses entrailles molles et assouvies lui donnent une sensation de bien-être qu'elle seule peut en définir toute l'extrême finesse et la mucosité. Elle s'extasie en s'étirant de tout son long. Ses jambes sont légères, elle les écarte sans pudeur. Matt est sur elle, il s'agite, il est prudent, c'est l'overdose amoureuse.

Ce qui l'affecte dans la pénombre du matin dans la chambre, c'est qu'elle n'a pas la moindre envie de partager son bienfaiteur. Le polyamour, ce n'est pas sa tasse de thé. D'ailleurs, elle a conduit Matt sur le bon chemin de l'ivresse des corps, mais tout reste à concrétiser, des zones obscures sont encore à éclaircir. Il n'a pas le profil d'un assassin ni le facies d'un mythomane de longue haleine. C'est vrai que ce n'est pas vérifié, les ébats avec Jane l'ont désarçonné, mais c'est vrai aussi qu'il soit berné par Éric. Elle est amoureuse, ce qui peut la rendre aveugle devant les faits. C'est flou dans sa tête. Les lendemains sont parfois empreints d'amertume, si ce n'est le cas, il lui manque tout de même des pions à jouer, pour avoir l'homme de sa vie à ses côtés en excluant toutes sortes de contrats affligeants. La raison du voyage est sans appel. Elle emporte Matt en Afrique de l'Est. C'est gagné ! Ce qu'elle n'arrive pas à comprendre, à se mettre dans l'idée qu'elle ait pu tomber dans le piège de l'amour, alors qu'elle était certaine de s'en être détournée jusqu'à la fin de ses jours. Quelques rencontres fortuites, par ci et là, lui suffisaient pour conserver un peu de sensualité et d'agrément. Elle le clamait haut et fort, le Boss croyait en sa chance, elle était une maîtresse de choix à ses yeux. C'est se perdre. Allison déteste qu'on l'achète.

Matt remarque son air songeur, il s'empresse d'une question.

– Allison, on a commencé à voyager cette nuit et le vol était limpide, sans turbulences, mais tu as l'air chagrin. Elle le toise d'un sourire,

– Je ne sais pas, comment avant moi, étaient les petits-déjeuners, mais je crois que le boulanger de la rue cuit de bons petits pains au chocolat et j'ai une faim de louve ?

– Endors-toi, la belle ! Je vais y aller. Café, chocolat ou thé ?

– Enfin un homme de bonne volonté ! Du café !

Gérard Baker .*Les sens ont de mémoire*

Matt se lève promptement. Il est toujours cette impression d'être aux ordres de quelqu'un dans sa vie, alors, il obéit. Il s'habille avant de s'évanouir dans le matin frileux. Il prend le temps de lui embrasser le bout du nez et lui caresse les seins sous la couverture. Il se sent fautif de la laisser seule dans le lit de l'abandon. Elle ronchonne.

— Tu as les mains froides. Il te faut de la chaleur océanique, une bonne dose de repos, ensuite, tu pourras mener une réelle traque offensive.

Il sent qu'elle s'accroche à cette idée de partance. Il le sait, les chocolatines ne changeront pas le cours des choses. La nuit passée dans l'extase du corps cache son sombre projet. Elle alimente dans son écrin velouté de plaisir, une décision irréversible dans l'obscurité du futur. Il doit partir, elle l'emporte vers un milieu abstrait dans le langage épicène pour découvrir l'absolue vérité que tout homme est censé s'y résoudre à en approcher la connaissance. Elle affirme son emprise, elle le guide loin de cette nuit enchanteresse, elle l'enveloppe de son pouvoir charnel.

Quand, guilleret, il dépose son sachet graisseux de viennoiseries croustillantes et odorantes sur la table, Allison est debout. Elle a revêtu une de ses chemises, elle ouvre toutes les portes des placards de la cuisine à la recherche du nectar robusta brésilien.

— Il est où ton café ? C'est le bordel organisé !

— En face de ton nez.

— C'est du moulu lyophilisé, quelle merde ! Pour un petit-déjeuner en amoureux, ce n'est pas le pied, mais je te pardonne, parce que cette nuit, elle ne ressemble à aucune autre. Tu apprends les bonnes manières, le lover, tu es bon pour entrer dans ton rôle de globe-trotter.

– Nous avons une quarantaine de jours devant nous pour retrouver Jane, mais je crains le pire si on piste Éric. On devrait attendre qu'il revienne en France.

– Il y a un moyen de le localiser, le numéro que tu utilises pour l'appeler n'est plus en service, il en change plusieurs et il devient introuvable pour le citoyen de ton genre. J'ai la liste dans le tiroir à pubs au taf. Lundi, je me sers de celle-ci pour voir s'il répond. En attendant, je vais goûter à ses petits pains au chocolat et me mettre sous la douche pour enlever les odeurs émanant de la nuit qui gênent mon appareil olfactif, mais qui ont l'honneur de me pénétrer doucereusement. Nous pouvons aller marcher avant la grande aventure, histoire de nous faire les jambes. Il ne suffit pas de les mettre en l'air, il faut qu'elles puissent endurer les longues distances sur des terrains rocailleux. Les plages de sable fin, ce n'est pas compris dans le billet, tu vas être dans l'obligation de te sortir les tripes.

– C'est la première fois que je vais randonner pendant mes vacances et c'est aussi celle que je mange des petits pains le dimanche matin. Les cornflakes et les jus d'orange avec le café, c'était tous les jours que dieu fait. Allison, tu m'emmènes où dans cette vie ? Si on se trompe et que l'on reste coincé là-bas ? Le boulot alors… moi j'ai l'expérience des agences de voyages, mais tu veux aller où ?

– À Madagascar… Nadia ne sait rien, mais je peux la mettre au parfum, mais on ne saura rien sur ta femme. C'est épineux. Il vaut mieux lui rapporter des faits et ta complicité sera annulée. Ce n'est pas un voyage de noces. Demain grâce au logiciel du genre Maps, on nous indiquera où il faut atterrir.

Matt sait qu'il joue gros et qu'Allison est têtue dès lors que son entreprise comporte des risques. La vision de son ex-ami Éric dans son itinéraire conventuel le remplit d'effroi. Sauver Jane lui semble d'une difficulté insurmontable. Tout est à savoir si cette dernière acceptera une intrusion accompagnée d'une fille qu'elle méprisait depuis son embauche dans la pharmacie et qu'elle qualifiait de midinette de trottoir.

Allison respecte Jane, mais elle avait toujours refusé de devenir son amie, car elle ressentait son animosité. Elle n'en tient pas compte, elle est amoureuse de son mari à force de lui tendre la perche, elle l'a attrapée. Dans le mouvement qui pousse les gens insidieusement à être influencés par les événements, elle veut le garder.

– Si tu revois Jane qu'elle va être ta décision ?

– Pourquoi, me poses-tu cette question ? Deux femmes me suffisent, je ne vais pas en chercher trois.

– Toi, tu vas te retrouver en prison ! Fais-moi confiance et ne compte pas sur moi pour t'apporter des friandises. Mon témoignage vaut ta liberté !

Gérard Baker . *Les sens ont de mémoire*

Qui est au téléphone ?

Le petit carton est toujours dans le tiroir. Allison respire pendant qu'elle l'agite devant les yeux épouvantés de Matt résigné à suivre les commandements irrémédiables de sa chère collègue. Le soir même en s'assurant du décalage horaire, elle réussit à joindre une personne qui semble préoccupée. Cette personne parle un français approximatif et le logiciel de localisation semble situé en Amérique latine. Elle raccroche, cette bourde pourrait lui coûter cher, elle s'insulte. Elle met ses oreillettes et elle tente un autre numéro, elle reconnaît alors la voix lointaine et nasillarde d'Éric. Son cœur bat la chamade, elle tremble puis elle ment à son interlocuteur.

– C'est Éric ? C'est la première fois que j'arrive à t'avoir depuis de nombreux appels.

– C'est Dieu l'opérateur, mais qui t'envoie sur ma ligne ? Qui es-tu pour m'offenser et me déranger de cette façon pendant la prière al-isba ?

– Ali, Allison, la fille de ta jeunesse.

– Ali ? Son ? Un fils ?

Elle se concentre sur l'endroit indiqué et elle essaie de gagner du temps, c'est assez médiocre, elle le situe dans le nord-est de la grande île. Elle lui répond.

– Non pas le fils, c'est la fille Allison de la pharmacie.

– C'est Matt qui veut ou toi, briser la Salat.

– C'est moi, Matt ne sait rien, je ne veux rien briser. Quand viens-tu en France ? J'ai besoin de te rencontrer.

– Pourquoi ?

– Ta proposition tient-elle toujours ?

– Quelle proposition ?

– De partir auprès de toi pour t'aider à recouvrer la santé à cause d'un virus tropical. Je suis partante, si tu as encore une place pour moi...

– Rien n'est prévu. Je pars de la zone pendant un mois. Pourquoi ce revirement ?

– Je suis virée de la pharmacie, car je ne veux plus coucher avec le patron. Il me fout dehors, maintenant je suis libre. Ma maman est décédée.

– Ha ! D'accord, Dieu l'a appelé. En fait, tu es une salope comme les autres, tu m'as rejeté deux fois dans la vie, mais tu mérites le pardon. L'homme est le supérieur humain, tu viens vers moi comme une pute repentie.

– Nous étions jeunes et toi déjà adulte. J'ai oublié cette affaire, c'est souvent comme ça que les grands esprits se rejoignent pour la vie.

– C'est que Jane est présente, donc il te faut une petite place. Connais-tu Jane ?

– De vue, elle est la femme de Matt, selon ses dires, elle est en voyage chez toi, c'est ce qui m'a décidé à appeler...

– Oui, elle profite de la mer, de la chaleur et des offres exotiques. Elle n'a absolument pas l'envie de rentrer. C'est un dépaysement total. Matt est en accord avec moi. Il doit patienter, car c'est elle qui décide.

– Combien de temps, restera-t-elle dans la contrée ? C'est où exactement ?

– Trop difficile à expliquer, quand je serais de retour du désert syrien, on peut envisager une rencontre. C'est vrai que tu es un trésor, le symbole de l'histoire de la nouvelle civilisation donc un espoir pour la science de l'amour et du partage. Je serai heureux de t'inviter à me rappeler. C'est une bénédiction divine que tu attires vers toi en me choisissant comme la voie du prophète.

– Je veux bien, il faut que tu te souviennes que je suis en chômage. J'ai besoin qu'on m'aide financièrement. Dois-je faire ce numéro ?

– Il est strictement personnel, tu ne dois pas le communiquer à personne, quelle qu'en soit la raison. Tu demandes Maki. Allison, tu as de la chance. Dieu est grand, on peut avoir une belle vocation, la défendre en multipliant et en réalisant les souhaits de son prochain. À bientôt ! Inch-Allah

– Oui, merci d'avoir accepté ma demande, bye.

Elle situe rapidement l'endroit, quand elle raccroche, elle est satisfaite pour le moins de se faire traiter de pute, ce n'est pas franchement glorifiant, mais le jeu en valait la chandelle, elle crie toute sa colère. Cet abruti m'a offensé ! Il est injurieux, pense-t-elle, c'est à croire qu'elle a mangé du rat infecté par de la bouse de zébu. Elle s'énerve et envoie le téléphone sur sa banquette avec folle envie de le casser puis elle se rétracte, elle le ramasse, c'est le but du voyage avec son itinéraire : Diégo-Suarez. Elle le récupère en le testant. Il fonctionne. Elle soupire et elle se rassure. Maki n'a pas été méfiant et s'est laissé attraper sans lasso, elle l'a possédé, il n'a pas fait le rapprochement entre elle et Matt dans la mesure où elle aurait pu gaffer. Elle trouve cela très surprenant, car un homme expérimenté peut flairer une certaine entourloupe et être prudent dans son analyse. Elle convient que le fait de s'être diminuée à ses yeux et d'y apporter l'esprit de la possession du corps, elle augmentait ses chances de le berner. Ils devaient Matt et elle ne pas relâcher leur attention, lors de leur périple. Quant à Jane son séjour semblait péricliter de façon abusive, il était difficile de se créer un avis sur ce côté exceptionnel. Le divorce est probablement la meilleure des dispositions pour l'avenir de Matt et par voie de conséquence pour elle-même. Ce qui est gênant dans cette conversation, c'est a priori de savoir si la présence d'Éric est dans cet endroit, toutefois, puisqu'elle détient son exacte position et ses coordonnées terrestres. Elle peut informer sa copine Nadia de sa venue en France. Cette dernière se démène avec les autorités françaises pour ouvrir le dossier. Elle est sur le bon chemin, ce n'est pas joué, loin de là ! Allison s'empresse d'appeler Matt pour lui expliquer le plan.

– Je viens d'avoir le Maki, au bout du fil. C'est une vraie ordure que j'ai localisée sur le terrain avec Maps, mais c'est tendancieux, c'est zébré dans la région si tu vois le topo. Il est dingue, il envoie des soutras à la pelle, des aphorismes, le temps que je le piste. Il niche sur une île de Madagascar à proximité de Diégo-Suarez. L'opérateur avait raison, donc, il n'est pas si camouflé que tu le prétends. On part, on met les bouts, le Boss, on lui dit qu'il cherche des jeunes diplômées pour satisfaire ses fantasmes et son « appétit du beau ». Il pourra se flatter de son orgueil princier,

– Quand veux-tu qu'on parte ? C'est de la folie, on n'est pas préparé. Cette obstination me gonfle.

– Et Jane, tu en fais quoi ? Pas de nouvelle, est-ce normal cette situation ? Pas de réponse au téléphone, pas de message ni de SMS. Ce n'est pas folichon ta mentalité. Si tu continues à me décevoir, tu es bon pour te payer un trip devant les juges. Alors, remue-toi ! Tu as encore le choix, Maki, le maquereau de ces dames, il est dans la limite. Il se fait la malle dans un mois et s'il embarque Jane, on aura plus qu'à sortir les mouchoirs.

– Il t'a parlé de ma femme ? Elle va bien ? Est-ce qu'elle va rentrer ? Pourquoi ne pas m'appeler ?

– C'est là que réside tout le problème, et là, j'en suis certaine qu'elle peut se radicaliser. Si elle est bonne pour le Djihad, on perd la partie, car c'est vers la Syrie qu'il se dirige dans un mois. Donc, c'est pour cette raison qu'il fait la sourde oreille, car je pense que Jane est muselée. C'est de la conversion forcée comme les chrétiens le furent à une époque par des moines recruteurs. Tu piges !

– Comment as-tu pressenti une chose aussi merdique ? On n'est pas armé, je n'ai aucun moyen de me défendre contre ce chantage immoral.

– Quel chantage, alors que je me débrouille pour te sortir de l'ornière ? Tu as vraiment un manque énorme de tact, alors que c'est toi qui me demandes de l'aide ! Là, je réalise que tu es un peureux, un couillard !

– Bon ! Je m'excuse, on quitte le boulot et après on chôme.

– On a des congés en pagaille, moi, c'est fini avec le vieux. Je le remercie, mais…

– Ce n'est pas de sa faute, tu es naturellement sexy et lui, il est chaud. Tu as tout fait pour l'émoustiller. Ton parfum qui se mélange avec ceux d'officine le trouble y compris ton décolleté savant ! Je l'ai vu souvent plonger son regard avec des yeux qui louchent la marchandise.

– Tu es méprisant, alors que c'est toi qui en profites de cette image, tu déblatères sur le Boss. Ce n'est pas sympa. C'est dommage, c'est un homme de qualité. Je vais lui dire que je pars début décembre avant les travaux de réfection. Cette boutique en a besoin, c'est sûr, mais sans moi comme chef de labo. Tu as intérêt à me suivre. Nadia est persévérante, elle a embauché un hacker pour démystifier les sites frauduleux qui concernent ton ami de toujours. Elle attend un retour de l'oiseau.

– Cela va servir à quoi ?

– À ne pas perdre sa trace.

– Elle me traque aussi, si j'ai bien compris…

– Non, on ne t'a pas cité, alors que tous les soupçons se tournent vers lui. Il est classé dans une liste de personnes potentiellement terroristes. Nadia glane des indices, mais les services de renseignements français sont muets.

– Jane pourrait-elle être complice ?

– Oui, comme toi, dans la disparition d'Helena. Aller là-bas, c'est déterminer ces deux suppositions. On ne va pas les ramener en France, nos deux suspects avec les menottes dans le dos, ce n'est pas notre attribution, seulement, on sera au top de la transparence.

– Des soucis, l'affaire est assez litigieuse, car on n'a pas toutes les cartes en main. Quand on sera sur le terrain, les manœuvres vont être compliquées. Allison, tu me mets dans une position délicate. Je ne me soumets pas même si tu as mon accord !

– Ne reviens pas sur ta décision, on ne peut pas compter sur notre gouvernement Nadia l'atteste. Ils s'en foutent tant que ta femme ne crie pas au secours. À demain ! Bises.

Matt se trouve devant une personne qui maîtrise la rhétorique. Il n'a pas cette aura, cette subtilité du langage, cette élégance dans le geste et ce charisme qui entoure Allison. C'est la *novlangue*, du crédit pour George Orwell, son inventeur, c'est sa pensée. Elle convint, elle démonte toutes ses contradictions et son mal de vivre est pesant, ce fardeau l'empêche d'avancer autre quelque part. Il en est conscient, il se bat contre sa morosité, cette nonchalance où il vogue au gré des intempéries qui le secouent dans une indifférence totale malgré les efforts soutenus de sa collègue et maîtresse pour le raviver. C'est à contrecœur qu'il accepte de faire un bout de chemin avec elle. Elle le soutient, c'est clair, il le ressent. C'est réel, Allison ne dénigre pas Jane, elle évite actuellement d'en faire un portrait révoltant ou choquant qui pourrait se traduire par un sentiment de jalousie dont elle est dépourvue. Elle s'abstient de tout blâme ou dépréciation inutile. Elle défend une certaine stabilité morale en prônant une décision personnelle qui a plus d'importance que ces clichés comportementaux qui ont poussé Jane à agir de cette façon. D'ailleurs, il n'était pas nécessaire de l'abaisser. Matt est plus sévère dans son observation et dans son analyse en ce qui concerne celle qui a partagé sa vie pendant ces dernières années. Pendant ses longues nuits de solitaire démuni, il a le temps de réfléchir à cette alliance matrimoniale. Il découvre peu à peu que Jane est une femme creuse et superficielle, une fausseté, une copie d'un tableau de Piet Mondrian, une abstraction géométrique virale déguisée en une boîte de maquillage. C'est une paire de faux cils. C'est le féminisme contemporain sous la forme du néoplasticisme composé, une palette de couleurs de la dissimulation. Ce sont des regards cachés sous une épaisse » hypocrisie du grimage, l'idiote refaçonnée, l'imbécile remodelée, l'intruse du paysage et du quotidien intellectuel sous son masque de naïveté et d'informel. Jusque-là, il a fait preuve de mansuétude, car il se rendait coupable de l'avoir lâché sans la retenir outre mesure.

Après avoir dépendu de Jane, sous la tutelle d'Allison qui lui ouvre l'esprit, il est plus objectif. Les arguments de sa maîtresse sont de taille à le faire bouger sous peine de se faire passer pour un salaud de petite envergure. Cependant, l'ombre d'Éric plane et obscurcit ses jours et ses nuits, elle devient difficilement supportable.

Démissions

Le patron est défait. Ce lundi, il ne s'attend pas, lors de son retour à trouver deux lettres de démission sur son bureau et recevoir deux personnes lui présentant simultanément leurs défections. Étonné par cette nouvelle qui le choque, il convoque de suite la belle Allison. Pour lui démontrer son opposition et lui affirmer son départ, celle-ci est vêtue d'une tenue provocante à souhait. Du bling-bling ; genre crevette rose, minijupe rase des fesses et bas résille, pendentif grossier et bracelet doré, anneaux créoles aux oreilles et verroterie dans les cheveux saupoudrés de mauve, une mèche tombante devant les yeux. Son maquillage effronté tape-à-l'œil est forcément voyant. Le Boss, afin d'éviter les quolibets murmurants et le bonjour matinal, avait investi son alcôve très tôt à l'aube. Bien décidé à retourner une situation critique, il attend ses employés de pied ferme avant le chômage technique annoncé. Perdre les services d'Allison le rend soucieux. Il doit s'assurer d'abord que son altercation avec elle ne s'ouvre pas sur un scandale. Elle pouvait le mettre dans une énorme poisse. Quand elle s'engouffre d'une manière volontaire dans le bureau, le Boss a des frissons, il est blême. Il l'accueille avec un sourire fade ne sachant comment s'y prendre pour aborder le sujet. Il se frotte les mains sur son ventre pour se donner de l'allure en prenant une voix emplie de phonèmes balbutiants. Il prolonge chaque syllabe pour mieux afficher le ton proverbial qu'il entend soutenir pour une thèse bancale. Il la regarde intensément en ouvrant grands les yeux, éberlué, par la tenue vestimentaire de son employée. Elle lui sourit avec un clin d'œil coquin qui le désoriente. Il l'invite à s'asseoir.

– Chère demoiselle, je ne saurais vous dire, ho ! Combien, je vous remercie de me soumettre votre démission, mais... mais, il faut que j'en accuse la bonne réception. Je... je... je suis désolé, mais je ne peux pas accepter. Je vous ai fait l'éloge de votre travail et je suis toujours prêt à vous rémunérer davantage. C'est... c'est de l'inconscience. Je vous offre un pont d'or et vous refusez. J'ai de l'admiration pour vous, oui pour vous !

– Écoutez, je suis peut-être imaginative, mais je ne trompe pas sur vos propos. Pour le boulot, on peut trouver au pôle emploi le même en descendant le tarif, mais vous abusez de votre pouvoir tout simplement pour recueillir le plaisir que mes fesses pourraient vous procurer. N'est-ce pas ? Quand je sors en ville, voilà ma tenue préférée ? Elle vous plaît ? De quoi auriez-vous l'air en ayant à votre bras une fille aussi déglinguée et déjantée ? Se faire tirer sur la banane telle que vous le désirez, ce n'est pas devant moi qu'il faut la dresser en échange d'appointements, sans jeu de mots. Sachez qu'il n'y aura pas de suite, car je pars pour une autre raison sans que je puisse vous en citer l'objet.

– Si j'ai abusé, c'est une erreur regrettable, mais la nature impose l'homme à être en demande affective auprès des femmes toute sa vie sinon, il meure dans son corps sans désir. La femme, il suffit qu'elle plaise pour attirer l'homme qu'elle veut. Non ? Je ne suis qu'un homme ! Entendez-vous que je ne cherche pas des excuses philosophiques, je ne suis que cela ?

Gérard Baker .*Les sens ont de mémoire*

– Cette dissymétrie est immuable. Écarter les hommes dangereux et déplaisants est la garantie de lutter contre la basse nature. Je suis, plus pudique, plus réfléchie, plus sentimentale, plus psychologue que vous le présumiez. Que dire de plus quand vous avez choisi un moment de détresse pour vous déclarer, c'est impardonnable.

– C'est possible, j'admets m'être peu soucié de votre environnement familial, j'ai surtout songé aux vacances qui approchent pour tous. J'ai devant moi une lettre de démission de Matt. Est-il l'auteur d'un complot contre notre entreprise ? Quel est son dessein ? Vous a-t-il fourvoyé d'une façon malhonnête et vous a-t-il décidé à mettre un terme à notre relation étroite par jalousie, car tout ce petit monde était au courant de votre nomination future ? Est-il aussi futé ? Vous savez que son passé ne plaide pas en sa faveur…

– Ne vous méprenez pas, ce n'est pas le type qui va mettre le feu dans une maison pour une raison de cocufiage, certes, ce n'est ni un imbécile ni un machiavélique, mais il a des atouts masculins. Surtout, ne tentez pas, de le désigner comme un coupable, il est innocent sur toute sa tranche de vie et avec moi, il n'est pas le larron de la foire, c'est un cœur tendre.

– Votre point de vue m'épate, on vous sent proche de lui et je dirais que vous êtes presque protectrice. Quel est votre lien avec Matt hors intra-muros. Je comprendrai que vous ayez refusé mes avances ? Ceci dit, cela ne me regarde nullement. Mais si vous êtes disposé à m'en dire plus, je peux vous assurer que votre emploi sera toujours libre si vous le désirez, la porte est ouverte et vous reprendrez votre travail comme si rien ne s'était passé. Alors, est-ce que cette pharmacie cache des amours clandestins, illicites ? J'ai appris l'absence de cette cliente qui n'est autre que l'épouse de Matt. Tout se sait dans notre petite ville. Alors ?

– Demandez-le au principal intéressé, mais si vous voulez savoir ce qui passe sous ma jupe pendant les week-ends et bien, il ne faudra pas vous attendre à avoir une réponse. À savoir que vraiment vous êtes très maladroit auprès des femmes et si votre femme est si peu enthousiasme, c'est de votre faute. Il ne faut pas lire les actualités. Les femmes ont leur rôle dans la société, mais l'on ne peut pas les classer dans une unique catégorie. Cette égalité des sexes me fait rire. Elles sont toutes différentes dans le cœur des hommes, il y a les bonnes, les fières, les putes, les vénales, les mères, et cætera. Quelle est votre préférée sans faire de discrimination raciale ou d'âgisme ?

– C'est un feu nourri de bêtises, vous pouvez riper, je ne vous retiens pas.

– OK, n'oubliez pas de me régler après avoir tout considéré et en fin de compte, vous n'êtes qu'un homme prétentieux de schéma classique qui pense que tout peut lui appartenir s'il paye royalement.

– Je ne vous retiens pas… au revoir.

Allison d'un geste simple reboutonne son chemisier et tire sur le bas de sa jupe en se moquant de lui en ouvrant la porte en s'exclamant fortement pour que le personnel soit alerté.

– Perdu, vous n'avez rien vu !

Allison regagne son poste de travail en appelant Matt.

– Matt, c'est à ton tour de t'exprimer, pour moi l'affaire est entendue, je suis libre de partir.

Allison l'emporte dans le couloir des non-dits et des plaisirs cachés.

Gérard Baker .*Les sens ont de mémoire*

– Il va te convoquer, alors essaie de ne pas l'informer sur notre projet, il est à cran ! Il sait que Jane t'a abandonné, mais c'est tout. Il va essayer de savoir quels sont les rapports fusionnels qui existent entre nous. On a dû le renseigner sur nos rencontres, c'est un sujet d'adversité pour qu'il sorte triomphant d'une façon décente du coup de râteau que je lui ai infligé dernièrement. Il pourrait fermer le rideau de la boutique en justifiant une forme d'injustice en nous refilant tous les torts devant la Cour des comptes à cause de l'aide de l'État qui lui a été versée. Allez, un peu de courage !

Allison lui plaque un bisou sur la bouche, il s'essuie, le rouge à lèvres lui colle à la bouche. Il entrevoit dans son esprit, l'image de Jane dans ses plus beaux jours quand elle se fardait. Il répugnait à l'embrasser surtout quand celle-ci se tartinait de trop, que la flaveur beurrée de la cire de jojoba ou de squalène, huile de foie de requin, l'écœurait, l'incommodait, au lieu de le faire frémir. C'est cet effet qui l'indispose aujourd'hui. Il s'essuie deux fois avec un papier en regardant s'éloigner Allison toute frétillante dans sa tenue de dévergondée. Ce support de séduction, il ne l'a jamais supporté ainsi que les odeurs d'oxyde de plombs âpres des démaquillants et les effluves des crèmes du soir. Jane fidèle aux commerces des produits cosmétiques en consommerait avec largesse. Ces souvenirs s'éloignent et réapparaissent sous la forme de flash intermittent. Dans cette singularité de vouloir rester toujours jeune, elle l'avait souvent confronté à la soumission, à la contrainte, à l'oppression et à la servitude. Ce plaisant égoïsme auquel il s'exposait sans se rebeller, l'empêchait de vivre sa part de vie.

Elle influençait sur son caractère et gérait sa propre existence en le faisant miroiter le beau et l'art d'être belle :

– L'homme moderne doit être honoré que sa femme soit belle et doit consentir à faire des efforts pour la soutenir dans cette entreprise contre le vieillissement prématuré. Il doit mettre tout en œuvre pour l'aider. Un cadre de vie où on lie l'esthétisme et le sport c'est bénéfique sur la santé. Le drainage, le gainage et l'équilibre alimentaire en sont les supports. C'est écrit, scientifiquement !

C'était son credo du matin au soir, chaque jour que Dieu fait.

Matt reste le dos appuyé au mur, songeur, il est certain d'avoir sacrifié sa vie d'homme aux dépens de celle de Jane. Pas d'enfant qu'il aurait aimé bercer d'un amour parental débordant. Une attache, une finalité, une progéniture, une concrétisation à l'amour aveugle qu'il portait à son épouse bien-aimée aurait été le bienvenu. Quel gâchis ?

– La grossesse déforme les corps et rend les femmes insensibles, elles deviennent des bobonnes à tout faire. C'est ce genre de femme que tu veux dans ton lit ? Voilà, il faut faire comme tout le bas peuple pour être satisfait ? C'est d'une tristesse…

Il ne voyait pas l'utilité de se faire la malle avec Allison qui malgré une présence sans faille méritait l'attention. Détenait-elle les clés du bonheur dans son sac à main ? Il sort de toute sa méditation lorsque le Boss lui fit signe au bout du couloir de venir vers lui sans dire un mot. Dans sa tête, on danse devant lui et le Boss ressemble à un loup qui grogne, le museau retroussé de rage, prêt à mordre en montrant les dents, les incisives prêtent à le dévorer s'il a l'idée de l'agacer. Matt se déguise en petit chaperon rouge, il le craint, mais il lui emboîte le pas pour prendre place dans l'antre du prédateur social. Allison lui a dit de mettre des petits cailloux sur le chemin du bureau pour ne pas se perdre.

– Matt vous connaissait l'estime que j'ai pour vous. Quel vent vous pousse à mettre les voiles sur un navire qui ressemble au Titanic ! Vous allez droit dans l'écueil, vous n'en sortirez qu'en y laissant beaucoup de votre personnalité.

Matt est durement atteint par la semonce ordonnée à un capitaine dont on prédit qu'il va couler avec son équipage sous-entendu qu'Allison en serait le quartier-maître mutin. Il ne se laisse pas impressionner pour autant. Cette dernière l'a armé et stimulé de telle façon qu'il s'encourage à rétorquer. Si sincèrement, il doute de son avenir, le Boss lui a donné un signal fort, en revanche, il est temps pour lui de remettre les pendules à l'heure. Pris dans un carcan depuis l'affaire Helena, il se conduit sottement à contretemps et à contre-courant de son tempérament. N'osant pas, à cause de cette sombre histoire sur le dos, s'exprimer ni s'épanouir normalement, il vivait dans une camisole de force. Cette tendance à être neutre, parfois mou dans ses entreprises, à être conservateur sans exubérance, l'on souvent mit dans des situations désastreuses. Cette faiblesse, il se bat pour ne plus la ressentir. Il est temps de montrer ses canines de chien battu aussi. Le Boss croit avoir le dernier mot facilement, c'est perdre l'autorité, son éloquence n'a plus aucun effet sur son employé qui défend sa thèse avec brio.

– Les temps ont changé, je quitte le bateau, c'est-à-dire le vôtre, mon voilier est au port, je suis prêt à embarquer. C'est d'ailleurs, une allégorie qui me plaît justement. Chacun doit naviguer selon les alizées. Voyez-vous, je n'ai pas peur de choisir une vie que les gens ne comprennent pas…

– Cette lettre de démission est donc une lettre de faux remerciements pour les services rendus depuis l'embauche ? Je suis donc obligé de me séparer de deux employés sérieux et très professionnels. Ce qui est n'est pas une tranquillité. Si c'est de la jalousie, je peux trouver bizarre qu'Allison fasse la même démarche dans le même délai de rupture de contrat de travail. Si conjointement vous avez décidé de mettre la boutique en péril, j'aimerais que vous m'en donniez la raison.

– Aucune du genre, le moment est venu de couper le cordon ombilical qui nous relit. Cela n'a rien à voir avec le contexte de la rénovation. C'est un changement qui intervient à point nommé, car j'ai dépassé la limite du consentement en matière d'emploi. Ici, c'est un peu trop fermé, on bosse en vase clos et j'en ai marre d'un confessionnal arbitraire où je suis un pénitent non repenti. Je pars pour obtenir l'absolution et vous ne direz jamais plus que je suis dans le doute en manifestant la miséricorde de votre navire.

– Vous avez une opinion pas très flatteuse en ce qui concerne votre place dans l'établissement. S'il en est ainsi, on peut penser que vous n'avez pas consacré toute votre énergie à votre travail quoi qu'il en soit, je me répète si vous avez des remords, vous serez toujours accueilli pour un nouveau départ dans ce bâtiment fraîchement remis à neuf. Mais ne vous éternisez pas trop en mer. Une question me trotte dans

Gérard Baker .*Les sens ont de mémoire*

la tête... Vous et Allison, vous êtes-vous concertés avant cette double démission et dans quel but ? C'est, je crois, une question que n'importe quel employeur devrait se poser quand il se trouve devant un cas semblable ?

– Je regrette, c'est une part de l'intimité de chacun qui ne peut être dévoilée, elle vous a répondu, c'est clair, vous êtes en dehors de l'histoire.

– Nous aurons à en parler si l'affaire se complique, comment expliquer vos départs ? Vous a-t-elle mis dans la confidence d'une gêne ou d'un embarras quelconque ?

– Où voulez-vous en venir ?

– Vous allez me le dire...

– Notre relation est purement amicale !

– Oui, elle est un deuil et ce n'est nullement le moment de parler des choses de l'amour. Vous aussi vous êtes en deuil d'une certaine manière, j'ai appris que votre femme serait en Afrique depuis de longs mois et je comprends que vous ayez des tracas. Ce que je ne comprends pas, c'est le lien entre ces deux circonstances inégales. Alors qu'en est-il ?

– C'est une coïncidence, car je ne vois pas autrement ce qui pourrait nous mettre en complicité.

– Vous êtes encore marié, mais ceci n'empêche pas d'exister avec une femme célibataire qui fait équipe avec vous. Il n'y a rien d'étonnant au fond, qu'elle soit très proche. C'est ce que je pense. Il se peut que cela se retourne contre vous par vents et marées. En fait, vous avez troublé le système que j'ai instauré dans cette maison qui a le bon sens de ressembler à une famille étroitement unie. Je dirais même et le mot n'est pas fort, une famille structurée.

– Je sais à quoi vous faites allusion, mais je désire ne plus être à votre service. Vous avez joué au mieux, le rôle du patron paternaliste, c'est vrai, j'ai eu cette chance et je vous ai rendu la monnaie pendant des années. Maintenant je dois trouver une autre voie et d'autres perspectives, je n'ai plus la force de faire des courbettes devant vous. Même modernisé, refait dans l'ensemble, j'aurais cette perception de travailler dans un colombaire et de vieillir trop vite.

– En admettant que vous soyez prêt à faire un *grand bond en avant* comme le prônait Mao, pouvez-vous m'affirmer qu'Allison n'est pas la figure étatique de cet élan qui, je ne trompe pas, n'est pas de votre propre chef ? Si c'est le contraire, je peux vous dire que vous avez perdu votre temps en restant dans nos murs.

– C'est à vous de deviner, moi je n'ai rien à déclarer sur sa vie personnelle.

– Elle a bien trompé son monde. Vous devriez vous méfier de son magnétisme ravageur et de sa beauté ensorcelante.

– Merci du conseil, vous avez dû en faire une concrète expérience pour la défolier de cette façon.

– Je ne vous en dirais pas plus, car elle reviendra, j'en suis persuadé. Vous, je vous laisse partir, je vous souhaite bonne chance avec votre épouse.

Après lui avoir serré la main, Matt tourne les talons, il est ravi, il a tenu le choc contre les attaques sournoises du Boss. Ce dernier meurtri par l'échec des deux tentatives de réinsertion ne peut qu'avouer tel qu'il le faisait naguère, sa déroute et son incapacité à manœuvrer ses ouailles.

Matt rejoint Allison au comptoir, il lève le pouce en signe d'accord.

– On peut commencer à préparer notre itinéraire, il présume que nous avons des affinités, je n'ai rien approuvé de ce qu'il avançait. J'ai fait un gros effort pour ne pas le condamner à une suspicion d'agression sur ta personne.

– Tu exagères, il a été très délicat dans sa procédure de séduction, toi tu ne peux pas en dire autant ! Ton attitude a laissé à désirer. Il y a deux extrêmes.

– Il a toutes les excuses, ce bandit, c'est une explication. Il est certain que tu vas revenir te jeter à ses pieds et là, il va se déboutonner sous le bureau…

– Une crise de jalousie, c'est du grand Matt ! Je vais noter cet épisode dans mon journal de fille trentenaire. C'est une première. Voilà que tu te réveilles, tu n'aurais pas de soucis aujourd'hui, si tu avais poussé ce genre de gueulante avec Jane…

Elle arrête de le sermonner, un client vient de faire son entrée, Matt la regarde sidéré par la protestation qui vient de naître, il vient de gaffer. Elle a son regard méchant quand elle le croise. Quand elle finit de servir le dernier client, elle le tance.

– La Jalousie est une petite fenêtre qui ferme la vue et suppose que ce soit la réalité qui se trouve derrière. Je veux une grande baie, une vitrine hollandaise, là où il n'y a rien à cacher au bord de l'Amstel, du calvinisme, quoi ! OK ?

– C'est de la dérision, je suis tellement content de changer ma vie, ce décor me fatigue et nos collègues n'ont rien à cirer de notre départ. Alors, en route, vers les Pays-Bas, si tu veux et aussi l'Afrique.

Allison, lui jette un coup complice, elle sait que Matt a gardé son âme d'adolescent et qu'elle doit le mener vers la maturité. C'est loin de la sagesse, c'est tout de même une réalisation de soi qu'il interprète dorénavant. Le choix est sans appel, disponible à tous, elle est entichée de lui, c'est indéniable. Elle aurait pu accepter l'offre du Boss, c'était plus mesquin, sans grandeur personnelle, elle n'a pas cette phobie honteuse et vénale du manque d'argent. Elle se l'avoue, cette proposition n'a que la valeur du bassement mercantile, par contre, elle aimait l'éloquence très bourgeoise employée par son patron. Elle défend par principe le caractère expressif par le langage. Matt a un charme dévastateur quand il ne démontre pas des carences incultes comme une terre à l'abandon. Il va grandir, c'est évident sous sa férule, il sera un vrai compagnon de vie. Ses jeux vidéo, il faut qu'il les oublie, elle se le promet.

Nadia

Quelques semaines avant Noël, après avoir signifié son adieu aux collègues de la pharmacie, Allison sonne le jour du départ avec l'accord tacite de Matt. Il est moins enthousiasme. Il retarde ce jour fatidique, où il faut quitter son univers ascétique et claustral qui lui convient idéalement. La liberté d'agir à sa guise s'était interrompue après son mariage. Jane avait mis la main basse sur toutes les activités en couple, lui se contentait de minces loisirs. Il était devenu un homme casanier qui suivait son épouse dans ses grandiloquentes démarches dans les salons, dans les foires ayant un attrait au culturisme, au bodybuilding et de gainage entre autres où elle pouvait apprécier, comparer dans une certaine mesure son physique à d'autres adeptes. S'il était admiratif devant sa fine musculature à l'exemple d'autres hommes et femmes de leur entourage, il perdait son âme de titi de banlieue et se déguisait en loulou de Poméranie. Il se repliait sur lui-même dans la lecture sommaire des magazines hebdomadaires qu'elle achetait et il s'escrimait dans les bastons de jeux vidéo. Jane était fan de C.Cordula, elle l'admirait. Elle enregistrait toutes ses émissions télévisées et les passait en boucle. La présentatrice brésilienne prenait place dans le salon et remplaçait tous les reportages sportifs. Matt faisait souvent grise mine et se contentait de passer en revue le physique pas toujours reluisant de toutes les femmes en recherche de beauté exceptionnelle.

Depuis le départ de Jane, après sa triste déconvenue, il reprend le chemin des écoliers. Allison l'aide, c'est une évidence, sa tendance à tout organiser est précieuse, pourtant, elle a, lui semble-t-il, une composante de sa personnalité qui la prédispose à approcher le profil de Jane. Plus nuancé en l'occurrence, c'est moins affirmé. Se faire mener par le bout du nez, c'est bien terminé ! Le féminisme n'est pas une légende, c'est une réalité, au même titre que le *polyamour* qui en est le parfait exemple extrait de ce mouvement. Matt se reconnaît comme étant une victime passive au nom de l'honnêteté. Il est encore sous le coup de cet examen de conscience qui le nivelle. Il a envie de se larmoyer sur son sort lorsqu'Allison l'appelle sur son portable. Il n'est pas d'humeur à se faire gouverner par une autorité qui le dérange. Il est sûr de son analyse, il est prêt d'en découdre si elle manifeste un ordre ennuyeux et un contre temps.

– Coucou, Matt, j'ai les billets d'avion au départ de Paris. On part le matin de bonne heure dans une semaine, il va falloir te déhotter.

– Ça, je le savais, et tu m'appelles pour me le dire. Viens-tu à ma maison pour vérifier la liste des bagages aujourd'hui ?

– Non, je vais en shopping avec ma copine Nadia. Je vais la mettre au courant de notre initiative de départ imminent. Elle a la même idée que nous, elle a souhaité retrouver le témoignage d'Éric. C'est logique ! Je me demande si par hasard elle voudrait nous suivre, elle est sans travail, donc elle peut très bien nous accompagner. Tu sais, on n'est jamais trop de personnes dans ces affaires !

– Attends, tu es malade, elle va me charrier pendant tout le voyage, me soustraire des détails et même creuser ma tombe.

– Elle ne sait pas qui tu es, je ne lui ai jamais dit que nous sortions ensemble. Alors, arrête de t'angoisser. Tu as changé de physionomie. Tu verras, elle est superbe, c'est une fille géniale et elle maîtrise le français…

– On peut savoir ce que tu as dans la tête, elle va me trucider si elle me reconnaît.

– Mais le but, c'est de savoir la vérité, il est possible qu'elle te pardonne aussi et qu'elle veuille faire la peau à Éric.

– Elle a des indices ?

– Je crois que oui, elle a des éléments très notables et toi, tu en es un, c'est-à-dire le principal témoin. Jusque-là, il est permis de penser que tu es innocent. À ton avis, elle veut simplement savoir où se trouve sa sœur pour en faire le deuil, donc ce n'est pas une histoire de vengeance. Elle va te plaire, c'est un phénomène d'intelligence et de bonté.

– C'est fou, tu veux me mettre dans ses pattes alors qu'elle doit me détester, me haïr au plus profond de son âme, c'est nul ! On va vers des problèmes de communication entre nous, c'est le drapeau de la discorde qui flotte sur Madagascar.

– Bon, c'est trop tard, je lui ai fourni cette suggestion et elle est captivée par ce voyage sur les terres inconnues. Elle m'a dit craindre les moustiques, car elle a une peau de craie, mais pas les animaux sauvages et les hommes insulaires. Ce qui me paraît inconfortable dans cette mission c'est que ton ami Éric ne réponde pas quand je l'appelle.

– Franchement, Allison, c'est une aventure dangereuse. C'est à haut risque !

– J'ai toujours rêvé de crapahuter dans les montagnes d'Amazonie et d'Afrique, voir d'autres horizons. Bloquée par ma mère et sa peur, car elle ne pouvait plus suivre…

– Sur ce point, je suis d'accord, j'ai aussi cette envie d'un voyage à l'étranger. Si on m'avait dit, il y a quelques mois que je le partage avec deux femmes, ce serait une incroyable plaisanterie. C'est le comble ! Le pire avec la sœur d'Helena qui se démène avec la magistrature pour obtenir des éclaircissements.

– L'affection, alors as-tu oublié qu'il existe entre les femmes ?

– Je ne comprends pas ce que tu veux m'expliquer…

– Nadia et moi c'est le feeling, quand je lui ai affirmé que je partais avec un de mes collègues, elle est tombée dans mes bras. Tel est fait pour être aimé, tandis que tel autre ne l'est pas ! Je pensais que tu serais contre cette décision, c'est alors que ton aveu d'innocence ne tient plus. Je ne te crois plus ! Il est facile de te cacher derrière un type qui auparavant, avait de vilaines manières avec les adolescentes et crois-moi, je sais de quelles manières, je parle. Fais ta valise !

– Oui, c'est un piège ce partage, c'est une aiguille plantée dans le cœur qui saigne de l'intérieur. Tu n'as aucun sentiment pour moi, c'est ton égoïsme qui dirige ton inflexion compatissante.

– Tu dis des sottises et je te prouverais le contraire. Le piège, c'est celui de ta vie. Je ne m'investis pas sans être sereine avec l'homme qui m'accompagne. Ceci dit, exempte d'éléments matériels, Nadia n'a aucune ressource pour t'incriminer, elle en est consciente. Nul n'a le droit de juger sur des apparences. Seuls des aveux circonstanciels feront foi et c'est que l'on attend du compère Éric. Allez, hop, tu vas t'amuser, tu vas sortir de tes mocassins et de tes Charentaises.

La confrontation

Nadia est tout sourire quand elle découvre le grand dadais qui lui fit face. Matt est gauche quand il lui serre la main. Il a le masque de la peur et la mine blême, c'est l'instant qu'il redoutait le plus depuis qu'Allison avait introduit sans ménagement la belle Albanaise dans son équipe. Elle avait soutenu la thèse que Nadia était le membre manquant dans leur mission qui s'avérait très délicate.

Matt reste un long moment à observer la fille qui tient son regard. Elle est plus grande que sa sœur, ses cheveux très blonds relevés sont maintenus par deux petites nattes enserrant le haut de la tête qui font penser à ceux d'une déesse grecque. Son petit nez semble se retrousser quand elle s'exprime, alors que ses beaux yeux d'un bleu clair charment son auditeur, qui est perplexe devant son gazouillis étrange, mais savoureux, sortant d'une bouche attendrissante.

– Bonjour Matt, enchantée…

Cette salutation exquise résonne dans l'aéroport et malgré le bruit qui accompagne la foule de tous les départs, il perçoit une gentillesse dans le langage. Il est fasciné par la rotondité de ses hanches et sa pulpeuse poitrine pareille à celles de sa sœur. Légèrement couverte d'une veste en popeline très haut de gamme, elle semble ne pas ressentir le froid extérieur. En pantalon étroit, il peut deviner la forme de son bassin très souple et très plat. Sur ce point, il arrive à l'identique de sa sœur de lait et cela le trouble énormément. Dans le grand hall des pas perdus, ils marchent ensemble. Matt est muet, pendant que les deux filles discutent allégrement sans s'occuper de sa présence. Il croise des voyageurs des touristes, des vacanciers, des randonneurs, il ressent une très mauvaise oppression sur le cœur, il croit qu'on l'observe et qu'on le culpabilise. Certains ont un regard froid et parfois, susceptible, inquisiteur. D'autres ont l'air admiratif, parfois envieux de le voir en si charmante compagnie, car elles ont toutes les deux, chacune dans un registre différent, un rayonnement particulier. Il est mal dans sa peau. Nadia le sort de sa torpeur, en le menant par le bras. Il a un instant d'hésitation croyant faire du tort à Allison. Cette petite prévenance a le don de le rassurer. Effectivement, elle semble ignorer sa personnalité impropre et qui n'est qu'une imposture. La main qui tient son avant-bras est une petite menotte d'enfant qui demande le pardon. Il marche au pas entre les deux filles, du coin de l'œil, il dévisage Nadia à son insu. Elle est magnifique, son regard est empli de bonté, mais il y voit une sorte de cruauté, une finesse dans la vengeance. C'est le mystère qui entoure cette belle gueule. Elle le perturbe, le remue au plus profond de son esprit, c'est ce qui le rend maussade. Elle en a que cure, elle plonge sa tête en avant, balançant sa coiffure blonde dans tous les sens, dans les vitrines basses des bijoutiers et des vendeurs des souvenirs. Elle est svelte et son corps devient photogénique dans les poses offrant un spectacle de rue très amusant érotique et comique à la fois. Allison est tout aussi remarquable, elle ondule en permanence. Il est enchanté, il coule dans son esprit un instant de lubricité et de lasciveté merveilleuse, une sorte d'enivrement, une euphorie qui estompe la hantise d'être démasqué, confondu et rejeté. Le rire communicatif de Nadia le désarme, il lui faudrait peu de chose pour qu'il l'étreigne.

Gérard Baker .*Les sens ont de mémoire*

Il y pense, car rarement, Jane l'avait mis dans cet état émotionnel en milieu public. Tant de beauté, de gaieté et de ravissements en même temps, il ne s'en souvient pas. Jane était d'un esprit critique, immuable, quel que soit l'endroit où ils se trouvaient, l'activité ou shopping, elle le sortait de ses gonds régulièrement par des réflexions irritantes. Ses accrocs et ses petites disputes étaient récurrents. C'était une sordide routine à tous les étages, n'ayant comme source que le narcissisme dont elle était louée indéfiniment. Il sort de sa comparaison et de son domaine contemplatif, lorsque Nadia s'enquiert à poser une question pour le moins inattendue, en désignant Allison.
– C'est une belle fille, on partage ?

Surpris, il répond avec une de ces vannes trop ouvertes favorites.
– Hum ? Elle est dure à cuire…
– Ou de se la farcir ?

Matt est dépassé, elle le submerge dans la seconde qui suit en lui envoyant une réplique désopilante.
– Si tu la compares à une volaille de basse-cour, tu risques de te faire becqueter.
Elle rit en mettant sa main devant la bouche avec un air espiègle.
– Oui, c'est vrai, elle est motivée et je fais de l'élastique derrière, elle est très entreprenante.

Allison surveille cette conversation de loin. Elle laisse se lier cette rencontre qu'elle a provoquée, soucieuse et attentive à ne pas mettre en danger sa relation avec Matt. Elle s'oriente vers les boutiques en suggérant un avis sur un article ou sur un objet à Nadia qui semble très à l'aise à partager son temps avec ses deux partenaires de voyage. Respectueuse, elle ne jette pas son dévolu sur Matt. Celui-ci, dans ce contexte féminin, a beaucoup de mal à trouver sa place d'homme entouré du parfum diversifiant de ses deux égéries très pressantes, de surcroît très coquettes, ce qui le rend un peu ivre de trop d'allégresse. Il regarde tour à tour ses compagnes et il est complètement renversé par le contact rapide de Nadia. Il est en recherche de savoir si cet engouement réciproque à grande vitesse ne cache pas une autre intrigue plus mystérieuse dont il ne connaît pas le contenu. Car malgré cet emballement très rassurant, il existe dans son esprit la présence de sa concrète complicité criminelle qui le freine intérieurement. Quand Allison le tient de près soit par la main ou soit par le cou marquant son entière dévotion, Nadia se plaît à le mettre en défaut par des petits attouchements anodins qui le trouble. C'est ce court espace de temps libre qui l'émeut, alors que le souvenir de sa défunte sœur lui parvient par saccades en le contrariant au plus bas. Il refuse son toucher délicat alors que dans le même accord, il y agrée. C'est se faire une pénitence. Il s'échappe pour aller aux toilettes, il crache son amertume. Allison l'ensevelit et le recouvre de terre froide, elle l'oblige à creuser sa tombe et l'y jeter si la vérité éclate au grand jour. Le verdict sera sans complaisance. D'ores et déjà, il sait qu'il faut qu'il affronte Éric et que les filles seront les spectatrices de ce duel. C'est irréversible. Quand, il sort des toilettes, elles sont devant lui, droites dans leurs bottes, elles sont suspectes et interrogatrices. Il baisse les yeux, la fin d'une belle défilade de l'esprit semble lui échapper. Il est temps d'enregistrer les bagages et de passer la douane. Nadia le reprend par le bras, il souffle. Allison

lui fait un clin d'œil encourageant, il se calme, c'est
l'apaisement. Elle est discrète, mais elle chuchote à
son oreille en riant, alors qu'elle le suit entre les
balises de direction.

– Ne te fais pas de bile, tu n'es pas recherché par
Interpol ! Ne crains pas d'être ostracisé, la belle ne te
chasse pas pour ton crime, elle a tout pour t'abattre
comme un chien, mais elle te garde pour la bonne
cause et si elle en profite, je te crève les yeux.

– Interpol, c'est sérieux ?

Matt ressent un étau qui se resserre sur lui. Les
deux filles voyagent avec lui pour une balade de santé
épuisante, tant au niveau psychique que du côté
physique. Il tient son passeport dans la main. Il a une
envie folle de s'éclipser. Puis se ravisant, il suppose
que ce serait une grande erreur qui le culpabiliserait.
Nadia, en attente, impatiente devant lui, remue les
fesses négligemment. L'effet est surprenant sur son
cerveau, tel un aimant, il s'avance jusqu'à la frôler
pour tirer vers lui cette puissante énergie qu'elle
dégage. Elle a dû ressentir ce flux, car elle se retourne
la tête vers le haut, son regard s'émerveille, puis elle
sourit, l'air coquin, elle paraît opiner du bonnet. Matt
esquive un sourire plus retenu, il est pris au collier de
son éternel comportement gaffeur. Il en rougit et
Allison qui a vu le manège, lui sort une réflexion qui
ne l'avantage pas en espérant que Nadia entende.

– Tu as bien changé, tu sautes sur tout ce qui bouge, là,
tu es en défaut avec moi. Tu mets tes mains dans tes
poches et tu ne touches pas à ma copine.

– Même dans les poches, elles sont avides. C'est
cruel !

Nadia éclate de rire, le bras en arrière, elle tape sur l'épaule d'Allison, puis elle l'embrasse sur la joue en évitant Matt qui reçoit son parfum dans les narines. Il est ému, il s'accroche à la balise de fer. Allison lui tient la main, il reprend ses esprits. Quand arrive le tour de Nadia à mettre les valises sur le tapis du convoyeur, il l'aide, elle le taquine du regard, ses yeux bleus sont visés sur lui, sous l'étroite surveillance d'Allison, qui fronce les sourcils en guise de désaccord. Ce léger coup de foudre, ce béguin, elle ne l'a pas prévu, elle est fumasse. Elle n'a pas perdu de vue que Matt jusqu'à preuve du contraire peut être l'assassin de sa sœur aînée. C'est ennuyeux, Nadia ignore qui il est. Il faut bien qu'un jour ou un autre, cette fille attachante le sache pour le bonheur de tout le monde. Matt, dans cette aventure, a beaucoup de choses à gagner, mais il peut tout perdre. Cacher son passeport à la vue de Nadia et révéler une fausse identité à la même personne n'est pas de tout repos. Dans son état civil, il est Matthaeus, cela sauve un peu et Allison le présenta comme Matt. C'est très approximatif et c'est gênant, Allison le rappelle à l'ordre.
– S'il te plaît, les femmes d'abord, tu restes derrière moi, tu pourras t'exciter de la même façon en reluquant mon postérieur sans prendre le risque de te faire baffer le portrait. Matt, c'est simple, évite de mater sans jeu de mots. Tu es incorrigible. Tu es un vrai chien, quand tu renifles les truffes, c'est trop voyant, je vais être obligé de te mettre en cage dans la soute à bagages.
Nadia très occupée par ses papiers de vol n'a pas entendu la remontrance, Matt soucieux, a le profil bas.   Au cours du vol qui s'effectue de nuit, rien ne

trouble la quiétude du ronronnement des réacteurs et aucune turbulence à déplorer. Allison dort sur l'épaule de Matt jusqu'à l'arrivée de l'escale insouciante aux ronflements, aux éternuements, aux toux et aux bruits, odeurs et autres nuisances confinées qui conditionnent les cabines à tarif économique dans les avions long-courriers. Nadia reste assise sagement dans un siège très éloigné, réservé tardivement. Elle réapparaît, plus tard, les cheveux défaits et le visage marqué par l'endormissement. Curieusement Matt la trouve toujours aussi jolie, le léger maquillage très ordinaire de la veille est intact, ses yeux emplis de sommeil sont égaillés. Elle soulève sa poitrine en s'étirant les bras vers le haut. Elle est d'un érotisme fulgurant, toujours intact, depuis la veille, migrant dans son état initial avec la fatigue du vol de nuit. Matt n'a guère dormi. Coincé contre le hublot, il a des difficultés pour tendre les jambes et Allison pèse de tout son poids sur lui, le tronc affalé, sur son torse, il est ankylosé de la tête aux pieds, il grogne, il essaie de se dégager, il s'excuse de devoir aller aux toilettes. Il est mécontent. Il a ruminé toute la nuit, cette affreuse chevauchée vers le continent africain qui ne dit rien qui vaille. Nadia le met dans tous les états, car elle ne refuse pas qu'il la touche en se glissant contre elle pour partir dans l'allée. Ces quelques secondes qui étreignent son corps sont un réveil à la lubricité. Allison, les cheveux emmêlés, les sourcils bas et la bouche sèche, est livide, elle est ensuquée et vaseuse. Ce n'est pas le moment de la surprendre dans cette condition, où elle est en dessous de ses capacités à rétorquer. Nadia l'embrasse sur la joue, elle s'amuse de la voir aussi peu à l'aise.

– Attention au jet-lag, ma poupée de cire, tu es dans le coma.

– Fous-moi la paix, quand j'ai dormi sur un sac de patates.

– C'est Matt qui ne serait pas content que tu l'arranges comme ça. Il ne mérite pas d'être insulté quand il t'a supporté tout le trajet. Ce n'est pas gentil.

– Tu aurais peut-être préféré être à ma place. Attention, ne t'avise pas à mettre ta main dans son froc, tu as signé un contrat avec moi, respecte-le sinon, on va droit dans le mur.

– Je sais que ta mission est plus importante… c'est vrai qu'il a de l'allure, mais je ne touche pas à ton pote. C'est lui, il est chaud, il faut que tu le décongestionnes.

– C'est mon affaire, je connais l'oiseau plus que toi, il a le cri du coucou depuis notre départ, tu n'es pas étrangère à ce chant mélodieux.

– Je n'ai rien fait pour cela, c'est que je me conduis naturellement et sans provoquer.

– Je sais, il joue Siffredi, mais il est nul. Maintenant il apprend, il est sorti de sa cage d'oiseau de Prévert, il a vécu un féminisme réducteur. Ce n'est pas de sa faute. Il va à tire-d'aile sur toutes les femelles qui ont un beau plumage.

Allison essaie tant bien que mal de dissuader Nadia et Matt de ne pas troubler l'équilibre de leur entente. Elle est tendue, la blonde des Balkans lui tape sur les nerfs. Elles avaient lié d'amitié très rapidement.

Nadia très entreprenante avait câliné de façon très experte Allison, un soir d'hiver lors d'un repas pris en commun. Dans cette période trouble où les hommes la désenchantaient, Allison avait laissé faire, ne voyant dans cet acte qu'une expérience qui n'aurait pas de continuité absolue. Cet égarement fut interrompu par un coup de téléphone de la maman qui s'inquiétait de son absence prolongée. Cette intervention avait mis fin aux prémices. Allison avait ouvertement demandé des excuses à Nadia, dans ce contexte elle avait subi cet échange de caresses avec son degré le plus élevé en amitié. Nadia expliqua qu'elle la remerciait d'être son amie qu'elle pouvait compter sur elle dans les plus mauvais moments, même si un manque d'affection survenait, elle pourrait partager les choses les plus intimes. Le caractère lesbien n'a pas sa place, car Nadia préfère les hommes, elle ne s'en cache pas. Allison reste sur ses gardes.

C'est dans cette atmosphère un peu lourde entre les deux femmes qu'ils débarquent. Matt semble très écarté de la conversation, il n'a pas que cure de leur petite querelle dont il est le principal intéressé. Il continue à batifoler autour de Nadia et à plaisanter avec Allison avec son humour très grave ponctué de quelques gaffes verbales très maladroites. Cette dernière s'horripile. Elle le trouve abject. Nadia ne comprend pas tout le sens de ses galéjades qui ont pour la plupart la forme d'un racisme délibéré lorsqu'ils croisent certaines autres femmes.

– La nuit, on ne voit que les dents… On va manger du chocolat chaud… c'est le chagrin du chat gris et du chat noir…

Allison se porte à sa hauteur dans le couloir avant d'aborder le contrôle de police. Elle signe une colère froide alors que la chaleur est ressentie fortement.

– Il faut que tu te taises sinon tu vas te faire embarquer, le français est une langue très parlée ici et les gens ne sont pas plus cons que toi !
Nadia a déjà enlevé sa veste, elle rayonne. Matt ne la quitte pas des yeux, mais l'injonction d'Allison trouble l'effet, l'image et la vue de la silhouette de l'Albanaise.

Matt est surpris en flagrance d'admiration, il pince devant l'évidence, Allison n'a pas sa langue dans sa poche.

– Toi et cette petite pute vous commencez à me brouter le moral alors soit indulgent, je suis ici pour aider, pas pour compter les points.

Elle a un regard noir, elle épie de loin Nadia, car elle est en train de se débattre au contrôle avec des papiers sortis de son sac à main. Après quelques minutes, celle-ci est encadrée par deux policières qui l'accompagnent probablement pour une fouille très corporelle.

– Aie ! Ce n'est pas du tout prévu au programme. Elle a un visa en règle. Je ne comprends pas. Bon alors, allons-y, c'est notre tour.

Elle passe sans encombre. Matt a le sourire. Il vient de satisfaire aux contrôles, valises et sacs à dos passés dans la machine : rien à déclarer. Allison est pensive, elle a le regard ailleurs, ce n'est pas habituel, elle est plutôt dynamique et volontaire quand un problème arrive dans sa vie. Nadia ne réapparaît pas. Matt est incorrigible, il essaie de la distraire de son mieux.

– Elle va revenir, c'est normal, c'est le spécimen dont les douaniers raffolent, c'est leur taf de mettre les mains partout…
– Tu es ridicule.

– Tu penses quoi ?

– A mon cyprin doré et que c'est toi qui mérites de tourner dans un bocal jusqu'à la fin de tes jours.

– Allison, on ne va pas se fâcher si près du but.

– Il va falloir que tu tiennes ta langue. J'ai des doutes sur tes facultés à maîtriser la situation. Sois plus mystérieux. Elle peut deviner l'imposture et nous lâcher. Souviens-toi qu'elle connaît le nom des témoins : donc toi. Cache au mieux ton passeport, c'est important.

– OK, pas de soucis.

Allison pousse un ouf de soulagement lorsque la belle Nadia les rejoint en riant.

– Je viens de faire un striptease, nue comme à ma naissance, ils m'ont prise pour une délurée. Je suis sportive. Ils ont pu constater que j'avais de belles jambes, que je suis rasée, la peau blanche et des papiers en règle. Ils ont inspecté ma mallette. C'est tout ce qu'ils ont écrit dans leur rapport. La douanière avec des gants, une belle fille bronzée avec des yeux de chat ! J'ai refusé le doigté, c'est dommage ! La grande différence dans l'épiderme humain. J'ai signé.

La chaleur est étouffante à la sortie de l'aéroport de Tananarive. Ils décident en commun de visiter la capitale avant de prendre un nouveau vol vers Nosy-Be, le soir même. Allison avait prévu ce changement de température. Elle se transforme rapidement en un instant en fille d'été en cherchant dans son sac. Nadia est vêtue très court. Dans la rue, assise sur un banc de pierre, sans pudeur, elle enlève ses collants épais de sous sa minijupe en les enroulant sur ses jambes, sous les yeux de Matt, désireux d'en voir plus. Il n'a pas pris soin de se préparer aux conditions climatiques du pays. Il a déjà soif et le soleil tape dur ce matin. La fatigue du trajet long-courrier se fait sentir. Il inonde sous son tricot serré.

– Les valises sont plus lourdes qu'à Paris, si on allait boire un verre, ce serait une bonne idée. Les taxis ne sont pas chers, j'en ai marre qu'ils nous suivent. C'est trop chaud, je vais mourir dans ce bled, on cuit, j'ai la peau qui suinte… je vais puer de partout.

Allison lui avait conseillé de prendre des vêtements légers pour qu'il puisse s'en débarrasser en arrivant. C'est à peine s'il l'avait écouté en se moquant de cette prévention toute féminine.

– Vous, les femmes, soit vous êtes gelées jusqu'aux doigts de pieds ou soit, vous brûlez comme des allumettes.

Allison réplique en s'amusant de son inconfort.

– Arrête de te plaindre et pense à ta femme qui ne doit pas être trop loin de nous. Si elle savait que tu dénigres son paradis sur terre, elle refuserait de te voir dans ton état de rouspétance. C'est peut-être une mauvaise analogie, si elle aime le soleil, c'est le paradoxe. On n'est sûr de rien en ce qui la concerne.

Nadia suit la conversation tout en marchant, elle hoche la tête, elle cautionne sans mesure, le discours de son amie. Le premier bar aperçu est atteint. Matt s'y assoit tandis que les deux femmes posent leurs bagages et s'éloignent tout de suite vers une boutique de vêtements. Il commande une bière qui tarde à venir et qu'il avale les cinquante centilitres dans la minute qui suit.

Nadia revient avec un chapeau en tresse de raphia. Elle a de l'allure, Matt est ébloui autant par le soleil que par elle. Il souffle, car Allison avec sa casquette de Maki n'a pas cette lumière quand elle lui envoie les foudres de sa jalousie qu'elle démontre un peu plus à mesure que le temps passe et qu'ils avancent dans leur parcours. C'est à Nosy-Be qu'ils coucheront ce soir. La promiscuité est un problème qu'Allison n'avait pas complètement assumé avant le départ. Elle prend en charge cette question assez ardue, elle doit mettre sous l'éteignoir un supposé rapprochement entre ses deux collatéraux et amis de voyage. Elle connaît les valeurs sans condition de Nadia. Celle-ci, bi de nature, est vouée à ne pas compliquer les choses. Elle peut faire plaisir à qui elle veut sans se soucier de la terminaison, de l'incidence et de la répercussion de ses actes. Matt ne connaît pas cette disposition concernant la belle Albanaise. Il veut éviter un engagement trop direct qui le mettrait dans l'embarras si Jane refaisait une réapparition. Il l'oublie, c'est visible. Allison lui rappelle que des preuves pour obtenir un divorce à l'amiable sont à sa portée et qu'il ne fait pas tout ce chemin pour des prunes.

Elle profite de cette pause dans la capitale malgache, pour téléphoner à Éric. Insistant pour que Matt téléphone et l'appelle de cet endroit, avec le sien, il refuse. Désabusée, elle fait le numéro. Il est encore, à ce jour, toujours sans réponse, depuis plus d'un mois et cet espace vide se perd dans le temps. Elle refait le numéro. Elle est plus chanceuse, car lorsqu'elle demande d'avoir Maki, on lui répond en français qu'il sera présent au domicile ce week-end. Samedi est dans trois jours. Elle remercie puis elle s'instruit d'aimables politesses. Elle dit qu'elle a perdu l'adresse exacte, elle veut une confirmation, car elle a rendez-vous. Elle l'enregistre de mémoire et quand elle relâche son portable, elle inscrit aussi le nom de ce lieu, sur un ticket de caisse de magasin ; elle est ravie, c'est une étape importante dans leur recherche. Elle boit un verre de bière, puis elle porte le goulot à sa bouche, elle a grand besoin d'étancher sa soif de revanche. Elle est en compagnie de personnes censées avoir cette même soif. Nadia, c'est assuré, la vengeance est bien là, dans ses veines, dans son cortex, dans son ventre, dans toute sa force. Elle sait trop de choses pour effacer de sa vie, cette injustice. Matt est plus réservé. On ne lui a rien appris de concret qui puisse le révolter, le faire bondir, le sortir de sa nonchalance et de sa frivolité d'homme irresponsable. Il vit chaque moment en peine de s'amuser de ce monde qui l'entoure. Allison se désole de tant de pauvreté d'esprit en pensant que seul un événement ayant la couleur du sang et de la mort peut changer son existence. Elle s'en persuade.

– Matt, c'est maintenant, c'est-à-dire dans trois jours que tu vas savoir ce qu'est devenue Jane. Est-elle heureuse ? J'ai l'adresse, il faut t'armer, on ne sait jamais. L'ami est un ennemi qui te veut du mal, tu dois être capable de le combattre.

– On ne va pas en venir aux mains ?

Nadia est revenue en coupant la parole. Elle semble être tout à fait convaincue qu'Allison est dans le vrai. Elle se découvre, elle exhorte Matt à ouvrir les hostilités.

– On vient pour liquider une vieille histoire, celle de ma sœur disparue dans des conditions qui restent une énigme. La justice française classe cette affaire sans suite, car ma sœur était étrangère. La police a le dossier sous la main, mais elle traîne sans éléments nouveaux vraiment à son actif.

Gérard Baker .*Les sens ont de mémoire*

Matt tombe des nues, il est acculé, les deux filles sont sur le même tempo, elles le tiennent fortement en joue. Il ne peut plus faire marche arrière. Est-ce donc une trahison de la part d'Allison ou un ensemble de circonstances qui ont formé cette alliance féminine ?

Nadia reste dans l'expectative de sa réponse. Matt se gratte le menton. Sa barbe à la mode Hipster de quelques jours le pique. Sous cette chaleur, il fait d'horribles grimaces, un peu mal à l'aise, il est crispé, l'effort pour répliquer dans cet endroit appelant au repos et à la sérénité est insurmontable. Il bégaie, elle s'embrouille, alors qu'Allison, les grands yeux dilatés, l'avertit qu'il doit bien modérer ses paroles.

– Je suis désolé, je suis, je comprends, je vais mettre tout en œuvre pour vous et pour moi après, je suis venu pour ma femme, eh oui, oui…

– Ben voilà, c'est ce que je veux entendre. On n'est pas de la police, mais on a peut-être les moyens de faire parler ton ami.

Matt transpire, sa chemise de coton se couvre d'auréoles blanches, il supporte mal le climat et les mièvres assauts de ses copines de voyage. Allison se détache de cette conversation. Elle a mis le feu aux poudres et maintenant, elle se tait. Elle s'en tire très bien, Nadia, à l'instar de son air de fille pimbêche, est très suspicieuse et très futée. Si elle n'a pas découvert l'identité de Matt, elle essaie de faire le rapport entre Jane, Éric, Matt et Allison en dernier lieu. Ce n'est pas suffisamment clair à ses yeux pour qu'elle accepte le tout-venant de ce qu'on lui rapporte. Elle le fait savoir après qu'elle se soit désaltérée de deux grandes bières.

– Pharmacien et pharmacienne, amants et pas amants. Une femme en Afrique, un homme avec cette femme et moi. Cet homme, ce Maki que tout le monde recherche. Je voudrais comprendre. Moi, je veux savoir pour ma sœur. Matt pour l'épouse et toi, dit-elle en s'adressant à Allison ?

– Tout a commencé lorsque tu es venue à la pharmacie pour connaître une très bonne amie, de ta sœur. Dans le même temps, Matt a laissé partir sa femme avec ce mec. Quand j'ai appris qui était Éric, j'ai bondi, j'ai décidé qu'un jour, il payera, car je suis victime aussi d'une agression de sa part. J'en parle, car on atteint le but que je m'étais donné.

Elle raconte.

Matt est stupéfait, elle ne s'est jamais plainte, elle gardait ce secret depuis des années avec la honte d'avoir écouté Éric et l'avoir suivi comme une oie blanche. Il sévissait aux sorties des collèges et lycées en distribuant des tracts des brochures à des fins religieuses et des joints qu'il offrait à celles qui fumaient. Il surprenait ses victimes de la manière la plus classique qu'il existe en racontant des bobards en disant qu'il fallait se cacher pour éviter la prison pour piper de l'herbe magique. C'est à ce moment-là qu'il est entré en action quand j'ai sniffé pour savoir.

– C'est une erreur de jeunesse, il paraissait très équilibré et d'un bon mental, très sûr de lui… On ne pense pas à un attouchement forcé. Et la promesse de me tuer, si je « bavais » sur lui. J'ai perdu mon pucelage par une pénétration très poussée d'un doigt brutal et meurtrier. Son arme, un dé à coudre en plastique au médius. C'est offensant ! J'ai laissé tomber l'affaire. La monstruosité, d'ailleurs c'est ce sentiment qui m'empêcha de rapporter les faits. Ce qui est grave, c'est que mon cas n'est pas unique. Je rentre dans le pourcentage de celles qui ont fait confiance un moment donné de leur vie et qui le paye. L'envie d'apprendre ce qui nous entoure peut-être est une aventure au même titre que d'escalader l'Annapurna, d'aller à Madagascar dans la brousse et de manger des champignons sans les connaître. J'ai eu cette faiblesse…

Gérard Baker . *Les sens ont de mémoire*

À l'hôtel

Dans le home résidentiel, tout est parfait. Matt reprend des couleurs, celles déposées par le soleil et celles du larron jovial qui se fait une fête de tant de choses agréables dont il dispose. Allison a loué une petite villa avec une piscine, une salle de sport et tout l'aménagement dont ils peuvent bénéficier sans modération. C'est au bord de cette piscine d'un bleu très intense qu'ils se détendent après leur long périple. Mais la présence de Nadia impulse une cause à effet qu'elle ne maîtrise pas. Celle-ci est provocante, sa silhouette gracile ne passe pas inaperçue, elle fait des ravages dans le regard des passants, des hôtes, des vacanciers et des autochtones qui gravitent. Le port du bikini est princier, sa démarche à l'aspect ondulatoire est une petite danse rythmée au son de la musique des tambours Gasy et de lokanga que fournissent en sourdine les haut-parleurs placés en parcimonie sur le domaine. Allison s'empourpre, elle voit le regard enjôleur qu'elle jette à Matt. C'est le début d'une grande rivalité. Elle corrige de son mieux son allure en espérant que celui-ci sera moins affriolé par cette divinité ensorceleuse. Elle sort le grand jeu, elle n'a pas envie de partager son amant, elle a horreur de ce monde de libertinage qu'elle qualifie de pervers dont la conduite est abaissante, démoralisatrice. Elle fait contre bonne fortune, des sourires éclatants à tout le personnel. Nadia lui fait de l'ombre sous son chapeau malgache sans s'en soucier qu'elle exaspère son amie. Celle-ci a, depuis belle lurette, banni, chassé de son esprit l'intérêt, l'avidité qu'elle suscite par son corps parfait ainsi et son visage à la beauté angélique et curieusement, candide. Elle le sait, sa sœur Helena était de la même fratrie enviable, elle en a payé le lourd tribut à la nature. Elle était belle aussi et moins timorée, c'est ce qui l'a perdue. Quant à elle, elle ne compte plus les demandes en mariage dans son pays et les hommes qui lui promettent un avenir de reine. Ce n'est pas, la route qu'elle s'est tracée dans ce monde de vilains hommes tels qu'elle les désigne lorsqu'un individu essaie de la draguer à la face du monde comme une vulgaire femme de plaisir. Elle se fâche et c'est l'invective publique. Allison avait déjà fait l'expérience avec elle lors d'un déplacement en bus. Elle avait eu la gêne de sa vie, Nadia avait proprement insulté en Albanais un attoucheur plaisantin qui s'est éclipsé du véhicule en sautant à l'arrêt suivant. C'est tout en son honneur, car la réaction immédiate a mis le voyou en fuite. Cependant, dans ce lieu de détente et de relaxation, Allison est perplexe, la belle ne donne pas de signe d'agacement quand Matt se permet une petite cajolerie suggestive et un frôlement affectif. Elle passe un moment très tendu. Matt est à distance d'elle, il la prive de sérénité, de paix dans l'esprit. De quoi est-il capable dans son égoïsme masculin ? À lire trop de magazines, il en a fait son livre de chevet en priant, on ne sait quel Dieu, d'accéder au firmament d'une star relookée par Photoshop.

Allison le croise du regard, il s'approche, mais il ne fait aucun geste qui pourrait la rasséréner. Elle s'effiloche de soies folles, en relevant ses cheveux, elle durcit le ton sans élever la voix, elle s'aigrit spontanément, son visage se marque des rides de la déception, elle lui murmure sa colère.

— Si je connaissais celui qui a inventé les top-modèles et les miss monde, je le dépècerais comme les sans-culottes l'ont fait à la princesse de Lamballe et je donnerais son organe jouisseur aux plus démunies en amour. Je sais qu'il est déjà mort, tu gâches notre entente, notre complicité et tu tournes en rond sans savoir t'y prendre. C'est trop voyant, alors faut-il que je ferme les yeux ? Nadia, ce n'est pas Veruschka… Je te rassure. Tu prends des risques… il faut que tu sois un homme prudent.

– C'est qui cette Veruschka ?

– Jane doit connaître, car elle essayait de copier ce genre de femmes aux mensurations merveilleuses qui pourraient faire blêmir de honte, une armée de djihadistes eunuques. Souviens-toi que nous arrivons dans le sanctuaire de l'affreux, que ce n'est pas le moment de faire le joli cœur.

Matt est un homme averti. Il grogne de ne pouvoir s'octroyer les charmes de la belle Albanaise aussi facilement qu'il le pressentait. L'audace ne manque pas chez lui et c'est malicieusement qu'il contourne une situation qui lui semble compromise.

– Ce n'est qu'une histoire de sexe, je me demande, dans notre cas, le *polyamour* ne serait-il pas une bonne affaire d'adultes consentants, sains d'esprit, en parfaite santé. Deux femmes qui aiment un homme, si en plus, elles sont favorables à une entente, un accord entre elles, c'est une position idéale. À l'affiche : du bonheur pour tous les trois.

– Hypocrisie moderne qui se termine souvent dans un bain de sang à cause d'une jalousie latente. Tu crois en ce genre de trigamie, mais c'est ce qui t'amène ici. Il faut que tu revoies ta copie, mon garçon, je sais Nadia…

– Elle n'a personne dans sa vie, elle est dans la même situation que toi.

– Oui, mais on a le même motif, la même ligne de conduite et toi, alors que tu es toujours marié, c'est ce que tu oublies quand tu deviens comme un jeune chien. Je comprends, tu as des grosses excuses. Je me suis montrée très mobile et disponible, l'as-tu remarqué ? Alors, ne me demande pas d'être plus accessible dans ta volonté de faire des excès amoureux. Attends de ce que va faire la belle du Balkan et ensuite tu réagiras en conséquence. Ce ne sont pas des paroles en l'air !

– Aie, aie ! Toi la mystérieuse, que me caches-tu ? Tu essaies par tous les moyens de m'écarter d'elle. Pour quelles raisons ?

– mais pour l'amour tout court, je peux gouiner pour m'amuser juste pour la fibre, la peau, mais pas avec des sentiments affectifs. Les filles ont cette tendance juvénile surtout les adolescentes, elles confirment leurs identités sexuelles étant adultes. Moi je ne suis qu'une simple hétéro.

Matt est songeur, il la fixe, puis il s'éloigne en plongeant dans la piscine. Nadia l'imite et le rejoint, laissant Allison dans un moment éprouvant de solitude. Elle regrette de ne pas avoir éclairé la belle Albanaise sur sa relation avec Matt. Cette retenue provient de son incapacité à définir ses vrais sentiments envers lui. Cette ambiguïté la conduit vers un blocage et une inhibition qui l'obligent à se fermer sur elle-même, à ne pas se déclarer en toute bonne foi et en public. Il est vrai qu'elle avait fait une croix sur sa sentimentalité, son improbable rencontre avec l'amour. Elle était fière de cette identité, de cette image de célibataire qu'elle fabriquait de jour en jour, en refusant toutes les prétentions et tentations qui lui paraissaient hostiles à son statut. C'est Matt, le déclencheur, l'innocent à tous les niveaux de son objectivité, le parfait garçon empoté, le balourd, le cafouilleur, le gaffeur qui la sort de son droit chemin jalonné d'interdits. Et maintenant, il s'ébat comme un phoque avec une sirène dans un aquarium géant, cet animal fabuleux qu'elle a eu la mauvaise idée d'inviter. Elle rage sans trop le montrer, mais son sourire est aigrelet. Elle tient son Smartphone dans sa main. Elle le sert fort. L'idée de partager ses émois avec Nadia, proposer par Matt lui paraît floue. Ce sacré bonhomme paraît plus futé pour les associations du genre que pour tous les autres méridiens célestes de la vie de couple. Elle refuse cette équation à deux inconnues. L'ombre d'une mésentente se répand sur le trio, mais elle calme son tempérament. Elle file dans sa chambre. Le soleil n'est pas un ami très consciencieux avec elle, les huiles et les protections solaires ont peu d'effet. Elle est sensible aux Ultraviolets. Elle est tenaillée à la fois par cette intolérance physique et l'insouciance de Matt qui frétille de toute sa vitalité comme un poisson argenté qui veut atteindre une grenouille nébuleuse assise sur un nénuphar. Cette image, c'est ce qu'elle perçoit quand elle examine sous toutes les coutures ses compagnons de voyage, elle se rassure. C'est un feu de paille ! Elle rattache ce jeu d'eau et de bassin à une joute sympathique de relâchement entre les deux vivants aquatiles. Elle se déshabille, elle prend une douche fraîche. Essuyée, elle s'étale sur son lit, elle est nue, elle aspire à la tranquillité, elle se couvre d'un drap, elle s'endort.

À son réveil, elle est surprise par le calme et le ronronnement de la climatisation. Elle a fait une sieste agréable loin de tous les soucis qui encombrent son cerveau. Elle se démêle les cheveux rapidement, elle y ajoute des pinces, elle enfile une petite culotte, le paréo jaune à grosses fleurs, acheté la veille ; elle avait craqué dans une petite boutique. Elle adore cette tenue qui laisse entrevoir un peu de soi, de la pudeur sous le tissu. Elle aime créer cette exhibition simpliste, symbolique de la représentation « du bois sous l'écorce » qui corresponde bien à sa personnalité éclectique entre la dureté et la chaleur. Le jaune est ce qu'elle porte le mieux et qui lui va à merveille. Elle est sa couleur préférée. C'est son confort corporel, elle choisit et chausse des petites ballerines de sortie de bain. Elle se prépare à une éventualité déplaisante. : Matt et Nadia, ensemble, en harmonie, riant de leur joyeuse affection.

Elle déambule dans le couloir de la villa et elle s'arrête un moment. Non loin d'elle, Matt est assis sur un transat, les mains sur le front, il semble épuisé et songeur. Elle cherche des yeux sa compagne de jeu. ! Nadia est absente. Ce constat rapide la console prématurément, elle peut entreprendre une petite conversation avec lui et savoir ce qui se passe dans la tête de son amant à cette heure de la journée. Matt a le regard du gars dépité et inquiet. Il tourne la tête en voyant Allison marcher vers lui. C'est instinctif, il fuit la réalité et elle ne se trompe pas, elle devine sur-le-champ qu'il est dans l'embarras. Elle se plante devant lui sans dire le moindre mot, elle attend qu'il se décide à parler. C'est long, car il est d'un mutisme décourageant quand elle lui pose une question crue qui a pour but de le débloquer.

– Alors, tu as sorti le grand jeu, la baise à la façon du grand Matt, le fort des halles, le laboureur.

– Non, ce n'est pas ce que tu crois.

Gérard Baker .*Les sens ont de mémoire*

– Ne dit pas le contraire, c'est toi qui veux couper les sentiments en deux. L'homme au pouvoir magique capable de faire le bonheur de deux femmes en même temps. *L'Arnacœur ?* On est en plein cinéma. Tu triches avec moi, ce n'est pas juste…

– Tu es à côté de la plaque ! Nadia s'amuse, elle a franchi le pas, j'ai perdu pied, la romance n'existe pas. C'est autre chose…

– Explique-toi, arrête de sortir ton nuancier pour peindre la vie de teintes abstraites.

– Elle veut établir la vérité, tout comme toi.

– Oui, on le sait, je ne vois pas quelque chose de nouveau, à part que tu as voulu la sauter comme un sale type qui s'y prend très mal avec les femmes.

– Épargne-moi tes insultes, j'ai progressé dans la manière de faire et c'est à toi que je le dois. Nadia est plus complexe, elle donne d'une main et elle reprend de l'autre, c'est pire. Elle m'a embrassé, puis elle s'est échappée dans sa chambre. Je n'ai pas bougé de la piscine. Elle est revenue habillée en tenue de léopard avec un gilet pare-balles, des gants, une casquette de police vissée sur le front et des brodequins aux pieds. J'ai sursauté. Elle a mis sa main avec les deux doigts en avant, l'autre, sous l'avant-bras comme si elle me mettait en joue. À quelques mètres de moi, elle a fait semblant de tirer six fois sur moi. Elle faisait ;

–bang, bang, bang , bang, bang, bang !Elle a craché par terre. Puis en elle m'a dit d'un air dédaigneux et haineux.

– Matt tu veux ma peau la plus intime, fais attention à la tienne, il est possible et j'en suis capable de te tuer si tu me trahis. Je suis armée contre tous les salauds. Il suffit d'appuyer la détente. Tu as de la chance d'être encore vivant.

Matt marque le coup. Il attend une réaction d'Allison qui semble perplexe sans s'émouvoir pour autant. Elle sourit, moqueuse.

– Elle est sportive de niveau régional, elle a de l'humour !

– Elle m'a refroidi, j'ai perdu tout le sens de ma libido, tout désir quand elle est repartie, j'ai flippé. Elle m'attend, mais je crains et je crois qu'elle devine ma part de complicité dans la disparition de sa sœur.

– Ce n'est pas certain, mais cette hostilité envers les mecs est peut-être installée dans son esprit depuis longtemps et la cause est connue. Elle a des raisons, mais aller jusqu'à une vengeance par un meurtre, c'est exagéré. En fait, tu serais sans le savoir sous le coup d'un phénomène du genre le plus cruel et du profil psychologique de Breivik ou d'autre syndrome reconnu, c'est plus difficile à accepter.

– Là, on n'est pas dans le caca, cette fille se crée un défi, elle m'attend, elle me fait peur alors, je prends mon temps et je garde mes distances. Toi essaie de savoir ce qu'elle a dans le ventre.

– Mais elle t'aime peut-être ? Vous étiez bien tous les deux au fil de l'eau tout à l'heure.

– Tu joues avec le feu.

– Non, c'est toi le coupable acculé devant le mur, elle peut s'amuser avec toi comme une jolie chatte le ferait avec un rat avant de le négocier…

Leur échange fut interrompu par l'arrivée de celle-ci. Elle porte une tenue sortie de bain rose et petites mules assorties. Elle a un air étrangement narquois. Matt a un sourire figé et Allison affronte la belle sans tambour ni trompette. Le langage facile, elle s'offre un moment de délire d'art oratoire. Son éloquence est surprenante.

– Nadia, j'ai accepté que tu nous accompagnes dans cette aventure qui comporte des risques, qu'il ne faut surtout pas sous-estimer. On n'a pas affaire à de jeunes rigolos ni des fêtards donc, il est important de monter un plan. Ce plan doit être soigné du début jusqu'à la fin sans que personne de nous trois ne soit pris en flagrant délit d'extorsion d'aveux. Car c'est bien ce que nous devons obtenir. S'introduire dans la maison est toujours facile, mais en sortir est plus compliqué, quand on a forcé les portes. Alors demain, je vais me présenter seule, mais en lui proposant qu'il rencontre Matt qui m'accompagne pour voir Jane et que ce soit la seule condition pour obtenir mes services. Certes, c'est cohérent. Ensuite, on fera marche arrière en inspectant les lieux, les locaux. Toi, Nadia, tu mettras ton smoking militaire de combat pour essayer de contrôler toutes personnes qui rentrent et qui sortent.

–1) Soit, il accepte et on voit Jane, soit, il dit, non et on repart sans engagement.

–2). Suite à cette intervention, on essaie de pénétrer dans la maison pour trouver Jane qui doit connaître la vérité, voire si Matt peut divorcer. Mais, si elle joue au soldat dans la cour avec ce mec, Nadia, **cela** devient très préoccupant, notre voyage n'aura servi à rien.

Matt se gratte ma tête. Il est sceptique, il renâcle, il tourne autour d'elle pendant que la belle Nadia trouve le plan à son goût, elle surenchérit.

– C'est bien préparé sauf que si ça tourne mal pour vous ; il faut me prévenir avec une alerte. Peut-être le téléphone ? Enregistrer les conversations c'est obligatoire ! Un achat des téléphones locaux et location d'un véhicule tout-terrain... Et mettre au courant les autorités en dernier lieu ou mettre l'incendie dans la maison... juste pour affoler la population.

– C'est une bonne idée, c'est mettre fin aussi à une cabale,

– Et maintenant, il faut aller manger, dit Matt, content de la maîtrise d'Allison. Elle est toujours la sauvegarde pleine de logique et qui fait preuve de méthode, si parfaite dans sa compréhension des choses et des gens. Elle est convaincante et le projet prend forme en y ajoutant de la sécurité. Nadia renforce le côté pratique. C'est sérieux.

– Pas question de mettre votre vie en jeu, surtout, ne pas montrer un héroïsme qui serait trop sacrifiant pour nous. Cela ne vaut rien !

Direction vers la restauration locale, sous une tonnelle de bambous et de feuilles tressées, où ils grignotent des gâteaux d'Arrow-root puis c'est la dégustation des Camarons géants au combava et gingembre et des langoustes sur barbecue. Frites, jus de noix de coco. Matt est ravi de cette cuisine exotique, il en raffole. Il oublie la menace, son implication et les yeux bleus azur de Nadia. Elle est assise en face de lui et elle le scrute, mais il est dans un autre élément celui de l'ogre de la mer qui mange ses délicieux petits produits dans un endroit paradisiaque avec deux spécimens féminins que la terre a mis au monde. C'est un paradoxe inimaginable qui l'emmène loin de la réalité qu'il doit affronter. Sur ce lopin de terre avec ses mangroves et ses petits baobabs, il est fier devant l'humanité. Il sort de son traintrain débile, de mec terre à terre, lui, le voyageur demi-mondain perdu dans les couloirs de la sombre

attache conjugale qui le maintenait dans une vie désertique sans joies et sans amour. Allison brille dans la conversation et Nadia l'écoute. Elles sont dans le même sujet concernant les hommes en général. Elles ne se soucient guère de sa présence très passive. Il ne coupe pas la parole ni à l'une ni à l'autre. Il se repaît, se rassasie, faute de pouvoir exprimer son affection aux deux comparses qui semblent être sur la même longueur d'onde en étalant leurs expériences, leurs flirts et leurs déceptions sans les détails croustillants que Matt aimerait entendre. Il reste sur sa faim en cette matière surtout lorsque Nadia juge que certaines fréquentations sont si nuisibles qu'on devrait « pendre ses sales types par les testicules. »En savourant une glace à l'ananas, il faillit s'étrangler. Nadia raconte son histoire. Elle est née dans une famille fortunée cousine des « Karadjordjevic », de la fin de la monarchie de 1939, l'Albanie est devenue ensuite une puissance démocratique. Helena et elle étaient des filles choyées. Sa sœur n'aimait pas cette richesse. Elle s'est envolée sur un coup de tête devant l'éducation bourgeoise qu'on lui imposait. Elle a fugué très jeune. Elle a triché sur son âge, elle a traversé l'Allemagne, puis elle est restée en France jusqu'à sa disparation.
– Helena était une fille qui avait du cran, dit-elle. Elle pouvait chevaucher un homme, mais elle avait décidé de rester intacte, vierge.

Allison sait et elle confirme. Matt a des frissons, gavé de bonnes choses, il est coincé dans une espèce de spirale en dégringolade où le beau se fait méchant. Il a cette intuition négative qu'elle prêche le faux pour savoir le vrai. Une oppression subite lui tord un peu l'estomac. Cette Nadia a du sang bleu dans les

veines et des qualités humaines indéniables. Elle mène sa vie au masculin, c'est ce qui la diffère, c'est sans le sexe et elle en parle ouvertement avec des mots sibyllins et raffinés avec la langue de Molière qu'elle a apprise toute jeune comme Helena. Elle est pleine de détermination, l'adversité, c'est la justice du pays. Tant d'années se sont écoulées, en désespoir de cause, elle avait un peu abandonné cette affaire qui lui tient tant à cœur. Elle était résignée, mais les réseaux sociaux et les progrès en matière de recherche scientifique de la police ont ravivé une flamme et une probable vengeance. Allison épie Matt qui est très mal dans son assiette, il se sent visé et accablé de remords, car Nadia le crucifie sans pour cela le condamner. Toutefois si elle est renseignée sur la disparition, elle reste peu agressive envers lui. Cette manière pourrait cacher une autre résolution. Bien entendu, il doit avancer, car les attaques ponctuelles qu'il subit sont très affligeantes. Allison se lève de table, elle s'éloigne prétextant les toilettes. Matt se sent délaissé subitement, il se rend compte que la présence effective de son amie est importante à ce moment-là où il fait face à Nadia. Elle lui soumet dans une étrangeté surprenante l'histoire de Jane.
– Ta femme on va la sauver du boucher, c'est Jane, la tienne, pas la pucelle de Domrémy. J'ai appris que ce n'est pas une légende. Matt, on va la sauver et élimer ce vaurien… si elle le veut. Sinon, il te faudra trouver une autre femme dans ta vie. Après ce périple, tu auras grandi. Si tu as trahi, tu vas le payer. Moi, j'ai déjà des médailles…
– Des médailles ?
– Oui, ce n'est pas du luxe, c'est le combat sur soi-même, c'est l'obstination, la concentration et

l'objectivité dans le sport. Sois courageux, essaie d'obtenir les aveux de cette crapule de djihadiste. Je te remercierais beaucoup et tu pourras me demander ce qui te ferait le plus plaisir… On peut voir les choses de cette façon.

– Comment en suis-je capable ? Je suis son ami. Rien d'autre qu'un ami.

– Ne me prends pas pour une idiote, une nouille, une patate albanaise, car on ne sera pas copains et des arguments, j'en ai pour te mettre sur le cul. Si tu es un bon gars, prouve-le et fais des efforts. Le veinard qui a trois femmes dans sa vie et s'en fout, c'est quoi cette tare ?

– Désolé, mais je ne sais comment m'y prendre. Trois femmes ?

– Il faudra bien y arriver, brave homme, avant de dominer le troupeau de fémelines, il faut démontrer que tu peux les niquer. Je n'ai rien promis, c'est vrai, mais moi, je ne suis pas raciste !

– Femelles, ce n'est pas des fémelines.

– Si en Hongrie et en Albanie, la race bovine, la plus jolie est la fémeline. C'est dans le dico français par ce qu'un jour, un Français m'a traité de petite vache, je l'ai encorné. Il doit le regretter, c'est de sa faute.

– Je suis né sous le signe du taureau, c'est prometteur, mais la situation n'est pas en ma faveur, je suis presque dans l'obligation de résultat. Je ne connais pas les réactions de chacun. On a probablement des objectifs en commun, mais Jane est toujours l'épouse et je suis en droit de demander le divorce, témoins à l'appui.

Allison se réinstalle à table, Matt se tait, il suppose qu'elle a entendu la fin de sa phrase, car elle rentre dans le sujet aussitôt bien assis sur sa chaise.

– Je ne porte pas de critique à Jane, mais c'est le contenu compact d'un bol renversé. Ce n'est que de la beauté vue de l'extérieure, sa passion pour le maquillage extroverti cache une faiblesse de l'existence. La peur de vieillir peut conduire à cette folie, à l'irrationnel. C'est prouvé, le genre humain à cette difficulté de se préparer à la mort sauf dans les religions où la réincarnation dans la prière en s'adressant a une divinité est une possibilité céleste. Rester jeune est donc un défi permanent contre la nature. Dans cette société, il n'existe aucun instrument de mesure pour pallier les défauts corporels et mentaux. Certains endroits du monde n'ont pas besoin d'appareil puisque la beauté est grillagée, enfermée, sous un apparat sobre presque unique, donc pas de jalousie ni de misandrie. Jane s'est incarcérée dans la prison de la beauté narcissique jusqu'à ne plaire qu'à elle-même. Elle a fait une erreur de direction en faisant confiance à la fraternité, toute foi, elle peut nous rejeter. C'est limpide, elle peut avoir signé un engagement irréversible. Tout espoir de se ressaisir serait caduc. C'est ce que nous allons voir... C'est de ton ressort Matt .Il est surfait par cette injonction, car il compte beaucoup sur ses partenaires. Il est affable, galant, mais ne partage pas l'idée de se mettre sous le feu de l'ennemi caricaturé de ce Maki, son ex-ami. Jane tombe dans l'oubli, il ne l'imagine plus, elle est floue dans son esprit. Allison veut des preuves de cet état de dispersion. Il est incapable de réaliser cette prouesse. C'est trop dur pour lui d'affronter ceux qui l'ont déprécié et mener dans une galère innommable.

Gérard Baker .*Les sens ont de mémoire*

Plus de travail, plus d'avenir ni d'amour véritable, pourquoi faut-il qu'il s'attache si la corde se casse ? Il reste optimiste, car ses compagnes de voyage sont très attractives, chacune d'elle a sa manière de le séduire. Nadia l'entourloupe de sa voix fine et son accent mélodique faisant rappeler les filles du Nord de l'Europe. Il est en pâmoison devant elle. Elle charme, elle abuse de sa fraîcheur, elle raconte des banalités et il est toute en ouïe. Une main sous le menton et le coude sur la table. Il l'écoute, médusé pendant que la musique entame « *le blues du businessman* ». Allison, elle aussi est pressante, assise à côté de lui et sa main se glisse sur son genou pour lui faire indiquer qu'il doit se tenir droit sous peine de sanction. Nadia agace Allison et celle-ci est dans un schème de réalisation similaire. C'est à qui aura le dernier mot. Matt reluque sans vergogne le décolleté de la belle Albanaise en savourant ses mimiques taquines quand Allison l'invite d'un geste en le tirant par le bras pour danser du souk. Nadia rit de tout son cœur, elle s'en amuse. C'est une situation insolite, elle vient de mettre un peu de piment dans la relation qu'Allison lui cachait, elle émoustille Matt, mais sans arrière-pensée. Elle se lève, elle s'enquiert d'une personne locale qui lui propose de prendre une photo avec un joli lémurien noir et blanc aux yeux rond et jaune qui semble apeuré. Une selfie avec l'animal sur l'épaule et elle jette un coup d'œil coquin vers les amants démasqués en leur faisant signe qu'elle est éclairée sur leur liaison. Matt est en rage, il se laisse entraîner dans une danse et se prend au jeu de sa maîtresse. Obligé, il est confondu, l'espoir de pouvoir concrétiser son désir d'épingler la

belle Albanaise s'envole. Allison le guette telle une chienne de garde. Nadia est heureuse, son stratagème est un succès. Elle démasque leurs amours. Aura-t-il encore le courage de la draguer? Elle est resplendissante quand elle déambule agréablement dans le grand restaurant. Il pense avoir très peu de chance de la séduire, mais son cœur bat quand elle s'approche de lui et dans l'oreille, elle lui souffle de son haleine chaude une petite canaillerie :
– Français, Casanova? On veut les deux langoustes pour le plaisir, la gourmandise.

Surpris par cette intervention cocasse, il est excité sur le point de l'embrasser, ne serait-ce que sur la joue, mais le bras d'Allison s'interpose sur l'épaule de Nadia et c'est elle qui y dépose un baiser, frustrant l'homme au bord de la conquête. Matt une fois de plus est dépassé par la promptitude et l'intuition de sa collègue de travail. Il accepte de bon cœur, cette ruade affective qui s'oriente ostensiblement vers un prochain rapprochement qu'il espère voir se développer dans ce trio. Dans ce contexte, il est très difficile de gérer la suite des événements qui laissent très peu de place dans les amourettes ou d'autres liaisons particulières. Il s'offre un temps de réflexion. Ce soir est une opportunité qui se présente, les deux filles semblent être au diapason de la sensualité, car Nadia tient Allison par la main à la sortie du restaurant. Il ébauche, il échafaude vivement une sorte de projet vicieux. Il manigance un petit détour, très sobre et très courtois. Au moment de retrouver sa chambre, il propose d'aller boire un dernier verre. – Le taxi n'est pas loin, on ne va pas aller au lit comme les poules !

La maladie

Jane est loin d'être au fait de la présence de son mari dans les parages avec des filles qui l'accompagnent en s'offrant du bon temps dans cet univers tropical. Elle est fatiguée, elle vit sous la contrainte, on lui soumet des rapports sordides, elle paye de sa personne et cette brutalité la consume. Elle sort de temps en temps hors des lieux sous bonne garde, elle va à la plage de la Ramena ou elle visite quelques boutiques en ville, pénalisées si elle dépasse les limites, on lui coupe les vivres alors elle se fait une raison. Elle pleure, elle suit un programme qui la répugne et qui insidieusement lui fait comprendre qu'elle est dans une prison ouverte. Elle ressent beaucoup de malaise, des maux de tête. La Mama tente avec tous les moyens dont elle dispose de la maintenir en forme. Mais la chaleur, les nuits de soumission, elle en souffre et les potions n'y font rien. Elle observe chez elle une aménorrhée latente, ce manque de menstrues compense un amaigrissement notable. Les quelques vomissements qui surviennent par moments ne justifient pas qu'elle soit enceinte. Elle ne compte plus les moments passés sur le trône, les fesses collées sur la lunette des toilettes en attendant que les coliques régressent. Elle prie la nature et un Dieu qu'elle ne connaît pas, sauf la Sainte Vierge, de ne pas avoir cette complication. Ces bourreaux seraient incapables de lui pardonner. Les repas sont convenables et Mama essaie de lui faire avaler les meilleurs aliments pour la soutenir dans cette épreuve, mais l'appétit n'est pas au rendez-vous et parfois elle rejette ce qu'elle lui présente. Jane a aperçu Éric, une seule fois alors qu'elle prenait un peu de soleil au bord de la piscine, il était en compagnie de militaires et de jeunes femmes autochtones. Elle a baissé la tête. Elle avait envie de le tuer. Quand elle se regarde dans le miroir, elle ne se reconnaît plus, sans sa trousse de maquillage et sans fard, elle a le teint fade, très blafard, blême, les cernes et les rides se forment sous ses yeux. Un peu de rimmel serait le bienvenu. Tous les jours elle pense à Matt, a-t-il contribué à cette déchéance immodérée, à cette décrépitude ? En avait-il marre qu'elle exerce son emprise sur lui, qu'elle le dompte, qu'elle le domine dans tous les compartiments de leur vie de couple ? Était-il si malheureux qu'un jour, il a décidé de tout plaquer sans bruit, sans crime, car son passé le lui interdisait ? Serait-il l'auteur d'un habile stratagème invérifiable, qui trouve le moyen d'arriver à ses fins en tenant une attitude de personnage naïf et complaisant ? Est-il aussi cynique qu'elle le présume ? Si cette version se confirme, elle est dans le piège d'une prétendue entente. Une belle connerie ! Elle le pense souvent. Matt l'oublie et c'est affligeant. Éric la terrorise, c'est trop de mal. Ses problèmes de santé l'empêchent de réagir, elle sombre dans la dépression, elle dort et elle fait quelques balades, mais elle est affaiblie, elle récupère des rapports non consentis et brutaux dans la douleur. Elle sent que ses forces diminuent et qu'essayer de s'évader serait un suicide. Elle voudrait entendre Matt de sa propre voix lui dire ce qu'il pense d'elle. Elle a ce besoin qui pourrait lui apporter une miséricorde, elle est tellement lasse. Des remords, elle en a ! Il était toujours en phase avec elle, une harmonie concrète, visible à la face du monde, mais qui cachait des failles au sein du couple ? C'est souvent le cas, on croit que tout va pour le mieux dans un ménage et on s'étonne quand la séparation est effective. Elle comprend la supercherie de longue haleine, c'est probablement ce qu'elle n'a jamais vu venir. Son mari très passif, obéissant, protecteur, précautionneux, n'est autre qu'un homme subreptice et rampant. S'il en est ainsi, quelle déception ? Elle est meurtrie quand elle subodore que Matt pourrait correspondre à ce profil psychologique. Parfois cela paraît être d'une telle évidence qu'elle l'insulte à haute voix, en marchant dans sa chambre qu'elle ne quitte que pour assouvir des malfrats. Les symptômes qu'elle développe sont autant de gènes qui la clouent au lit. Se déprendre de cet endroit c'est la solution, elle espère, alors qu'elle pourra avoir une explication. Privée de téléphone, elle est démunie. Elle réclame à Mama, mais cette dernière fait la sourde oreille depuis le début à cause de sa peur. Les filles sont dans le même cas et les gardiens utilisent des talkies-walkies. Ce qui est absurde, elle a oublié dans la déveine totale, la plupart des numéros qu'elle utilisait. Elle est en plein désarroi depuis sa perte. Ce salaud d'Éric est à tuer aussi, dit-elle. Pessimiste, elle galère en attendant une éclaircie. Parfois, elle frôle la crise de nerfs et parfois elle sombre dans la morosité la plus complète. Cruel et avilissant, son combat pour une survie hypothétique ressemble à une couche de nuages noirs agressifs qui envahissent son avenir. Elle résiste, mais l'espoir qu'on la retrouve saine et sauve s'amenuise de jour après jour. Pourtant une légère lueur optimiste s'éclaire quand la Mama lui explique vaguement qu'elle a entendu parler d'elle par Maki au téléphone.

– Maki dit, que toi es prise. Jane, toi, tes amies sont au téléphone.

– Qui ? Avec qui ?

Elle hausse les épaules sans répondre, puis elle s'enfuit en regardant partout, toujours affolée, les mains sur la tête. Jane, après réflexion, court derrière elle, mais Mama est disparue comme un éclair. Cette petite lumière apportée lui redonne du cœur et du courage. Elle en oublie tous ses problèmes organiques, ses lésions sous la forme de séquelles qui suivent les brutalités et les violences qui la terrassent et la fatiguent journellement. Un petit déclic vient la réveiller d'une torpeur lancinante malgré la présence indésirable et la formation de ganglions lymphatiques sous les aisselles qui la perturbent. Elle a fait la demande d'un docteur, il semblerait qu'on ne l'écoute pas et c'est une petite femme noire qui vient de temps en temps pour contrôler sa température, sa langue suivie d'un doigté vaginal toujours sans ménagement et sans protection. C'est assez succinct et Jane n'obtient aucune réponse à ses questions, elle bute contre un mutisme général qui sévit dans les lieux. Elle rage, car l'hygiène corporelle est douteuse. Elle a perdu tous sens de raffinement et tout ce qui faisait d'elle une femme moderne, sophistiquée, élégante, esthétique. Quand elle s'aventure à interroger Mama, elle parle à un mur dont la résonnance est celle de

Gérard Baker .*Les sens ont de mémoire*

briques creuses. Mama prie un Dieu en levant ses gros yeux noirs au ciel pour qu'on n'entende pas ses questions.

Les jours qui suivent, elle attend sans trop de conviction que le propos de la vieille femme soit exact, elle est sans cesse dans cette perspective qu'on la délivre de ce cauchemar. L'appel au secours ne sert à rien, cette minuscule enclave est pratiquement invisible, éloignée d'une route caillouteuse et boueuse par temps de pluie. Elle a pu constater cet inconvénient lors des sorties autorisées sous l'escorte de gardiens armés. Si l'idée de s'enfuir est souvent survenue dans sa tête, elle connaît le risque auquel elle s'exposerait, car dans cette nature luxuriante, c'est trop l'inconnu et cela reste inquiétant. Par la mer, c'est aussi difficile sans l'apport d'un navigateur. Cet endroit reprend des couleurs florales, les arbres fruitiers exposent leurs bourgeons précoces au soleil. En quelque sorte, c'est une prison de luxe, cet univers carcéral ressemble à une résidence estivale avec vue sur la mer qui cache une activité autrement plus sordide et odieuse. Ce vilain paradoxe entre la beauté tropicale qui y est superbe et les infamies méprisantes qui y recèlent Jane le déteste, tel un domaine de la culture du diable. Elle y placerait une bombe s'il le pouvait.

Elle ferait exploser le dernier homme qui s'est permis de la pénétrer par l'orifice qu'elle protégeait pour garder de la dignité, cela sans égards et sans protection. Elle le hait. Cette effraction était le dernier rempart contre l'abus de pouvoir sur sa personne. Elle est encore très marquée, car quand elle refusa cette domination, ce brut l'enfourcha en lui tirant sur la tête en lui coinçant les pattes comme s'il allait égorger une brebis, c'était horrible et insupportable. Elle s'en sortit avec quelques contusions, mais l'affront et le viol était consommé. Tout est bien orchestré dans la chambre obscure, elle n'a aucune chance de reconnaître le profanateur, le sodomite. Elle ne pleure jamais, sa haine est trop grande. Heureusement parfois, certains sont plus délicats, ils ne profitent que du plaisir et de la jouissance qu'ils en tirent sans pour cela dépasser les limites de l'acte. Elle s'est souvent défendue contre les gestes trop violents et parfois, elle est très active pour que l'acte soit rapide. Elle évite un épuisement qui suit et l'oblige à garder le lit. La première mesure c'est de se laver en enfonçant la pomme de douche contre son vagin pour que l'eau trop chaude puisse entrer le plus profond dans la cavité utérine en s'infligeant des contractions parfois très pénibles. Elle lutte contre des douleurs de l'aine et du bas-ventre, elles sont dues, semble-t-il, à l'aménorrhée et aux brûlures de la miction. L'infernale et éprouvante condition physique qu'elle traîne est d'autant plus atterrante qu'elle est seule à supporter cette misérable déchéance qui est indésirable. Éric s'est envolé la laissant moisir dans l'un des plus affreux lupanars qui existent dans ce monde fanatique et habité par la violence.

Elle a une dizaine d'amies malgaches qui comme elles, s'offrent un moment de relaxation au bord de la piscine, elles sont très peureuses et craintives, elles ne décrochent aucun mot concernant leurs bourreaux. On les a achetés pour que les parents ne vivent pas dans la misère. Alors la prostitution est un moyen de travailler. Elles payent leurs loyers, et elles ont des repas, elles sont habillées et parfois elles revêtent l'abaya. Elles croyaient que Jane était une prostituée qui les espionnait. Avec le temps, elles sont moins méfiantes et le dialogue s'ouvre pour celles qui parlent le français. Jane peut échanger quelques banalités. Ce n'est pas vraiment sérieux, car elles sont soumises et elles n'osent pas entraver une organisation très structurée. Elles rient beaucoup quand elle leur pose des questions indélicates, elles se contentent de subir les frasques des tortionnaires, elles sont jeunes et sans éducation ni scolarisation, mais surtout elles sont sans défense et pour elles, c'est de la respectabilité.

– Dieu à créer leur destin, lui dit l'une d'entre elles, on doit le suivre et un jour on sera récompensées, nous les femmes de Nosy-Be ! Quand une est malade, on l'envoie à l'hôpital d'Analamanga et elles ne reviennent plus travailler ici pour ne pas l'attraper à tous.

– Malala est-elle là-bas ?

– Oui, c'est le sang de *l'aye-aye* dans le cœur. C'est le mal !

– C'est quoi ?

– On met sa main devant la bouche et on ne discute pas de l'animal. C'est interdit ce mot ici.

Elle se retient pour ne pas la compromettre. La fille n'utilise pas le mot : Maki. C'est presque ce qui va de soi. Elle la remercie. Ce qui l'attriste c'est la pureté de leur visage sans fard. Elle est défenseuse de l'esthétisme et du maquillage, elle est étonnée par la brillance de leurs regards parfois un peu éperdus, le toucher soyeux de leur peau d'ébène et leurs cheveux durs comme du crin et noir comme du jais. Dans ce monde, ce groupuscule de fanatiques, elle est atterrée par tant de grâce déployée par de jeunes femmes innocentes et soumises à la merci d'une poignée de vicelards sans âme. Elle voudrait changer les choses, mais comment les délivrer, les affranchir, les émanciper ? Elle constate son impuissance devant cet esclavage moderne qui malheureusement sévit encore dans la région. Elle-même est incapable de s'en sortir de cette prison.

C'est tout ce qu'elle avait appris de conséquent. Cette information sonne mal dans ses oreilles. Il ne fait aucun doute que d'être maladif est handicapant. Elle en est arrivée à la conclusion, qu'elle peut être déménagée sans avertissement si elle ressent et si elle souffre de symptômes particuliers. Elle tente presque tous jours de savoir si elles connaissent Maki, mais les éclats de rire sont leurs uniques réponses. Elles ne parlent pas des sévices, elles se cachent le visage alors qu'elles dardent au soleil sans pudeur, leurs belles poitrines de jeunettes. C'est leur seule fortune, leur seul atout, digne de prospérité pour la famille. Elles montrent et elles exhibent sans pudeur leurs attributs féminins, elles en sont fières, mais en ce qui concerne leurs rapports avec les hommes et les femmes, elles restent muettes, elles sont intimidées, car l'acte est donc dans le domaine du sous-entendu ; il ne doit jamais être cité. Elles appellent cela être gentille, être serviable, être docile, attentionnée, dévouée. Jane est perplexe. Avec son caractère rebelle, elle voudrait les mettre à l'évidence qu'elles ne sont que des objets du désir, des femmes manipulées au service d'hommes sans complaisance, des proxénètes sans envergure, des profiteurs de la misère du pays. C'est peine perdue, elles ont une image différente de leur situation. Elles sont le gagne-pain de la famille, elles travaillent à l'hôtel et elles sont les boniches la journée. Jane s'aperçoit à quel point, cette pauvreté pouvait être exploitée. Souvent le soir, entre chien et loup, elles partent en voiture et elles reviennent au petit matin quand le ciel de la nuit est encore noir. Elle les entend rentrer, alors que les deux chiens aboient et que les véhicules les déposent. Elles connaissent la route qui conduit à la ville. Mais leurs explications sont trop vagues pour qu'elle puisse en avoir foi. Elle se résigne tout en gardant un mince espoir. C'est peut-être trop de confiance !

Gérard Baker . *Les sens ont de mémoire*

Une arme

Matt persuade ses accompagnatrices que quelques moments de détente dans un endroit exotique seraient de circonstance, une agréable idée pour former des liens. Allison est indécise, car elle ne comprend pas ce changement de comportement. Ce n'est pas habituel, son copain est plus du genre casanier et couche-tôt. Elle suppose qu'il trame une espèce de petite machination pour se retrouver en tête à tête avec les filles pour essayer de les unir dans des ébats lesbiens où il pourrait lui-même profiter. Certes, elle n'a pas la clé de la véracité sur ses intentions, mais son intuition lui joue des tours que très rarement, quelle que soit la situation. Elle renâcle.

Debout dans le couloir. Elle s'en remet au regard fuyant, mais approbateur de Nadia qui sous son air farouche et enchanté semble donner un timide accord à leur partenaire d'un soir. À deux contre un pour une sortie nocturne, Allison plie un peu avant de souffler un léger consentement de la tête. Son absence signifierait sans aucun doute qu'elle accrédite une possible liaison qui pourrait survenir, si elle laisse Matt continuer une drague offensive à Nadia. Cette drague a débuté dans le milieu de l'après-midi. Celui-ci est rassuré par l'attitude très souple, très complaisante de l'Albanaise. Il ne baisse pas les bras. Il se sent comme un jeune damoiseau qui tire une langue d'homme libéré et prêt à toutes les actions qui lui sont permises. Allison veut faire barrage, elle n'a pas d'autre moyen pour éviter un amorçage que d'exercer une présence soutenue. Elle décide de les suivre et de faire bonne figure. Elle est fâchée contre son amant qui aurait pu avoir la décence de lui tendre la main, alors qu'il prend Nadia par le cou.

– Taxi ! Taxi. Ils montent dans une vieille 4L puis ils filent en direction du « *Nouveau Hôtel* ». Nadia est en joie, elle souhaite passer une bonne soirée. Elle chante, nostalgique, une petite rengaine albanaise dans la langue du pays et Matt de tout cœur, applaudi. Allison n'est pas sur le même tempo, elle ronchonne, la rivalité est peut-être en train de se poursuivre. Elle préfère concilier des avantages plutôt que mettre la discorde. Quand ils sont arrivés tous les trois au bar de l'hôtel, l'ambiance est feutrée. Ils commandent des boissons. Matt reste fidèle à sa réputation de bon payeur, il enchaîne une nouvelle tournée avant qu'ils ne se retrouvent dans la salle de danse surchauffée par une musique électrique. C'est la boîte mythique malgache, on danse tropicale à Antsiranana. Nadia est vite entourée par les autochtones et Matt est obligé de se frayer un passage entre les corps luisants et noirs, en sueur et frénétique pour danser avec elle. Allison est agacée, elle se retire en arrière, elle aussi subit des approches furtives et des attouchements. Ce défoulement qui confère une promiscuité évidente est trop pressant. Des convoiteurs prennent comme motif de leur main baladeuse la raison que demande le rythme Gasy et d'autres, plus probants, s'engagent pour une séduction sèche et exubérante. Elle se faufile, mais des mains la tenaillent, des regards avides la scrutent sous des lumières psychédéliques et enivrantes. Son opulence si remarquable, sa taille et son déhanchement attisent des tentations et des caresses insidieuses. Elle se sent abusée, elle fait signe qu'elle en a marre à Matt. Il lui renvoie des gestes

désarticulés, à contretemps, hors cadence en
l'ignorant. Puis en insistant, elle pose la main sur la
joue et incline la tête pour lui faire comprendre qu'elle
a sommeil. Matt la rejoint. Nadia est sous les
projecteurs, elle s'exhibe naturellement, sa couleur de
peau contraste vivement avec celles autochtones qui
l'entourent. Son physique gracieux et les mouvements
du bassin très sensuels déchaînent des passions
inavouées. Elle attire, elle magnétise son entourage de
toute sa fluidité corporelle, elle joue des hanches, elle
se donne un spectacle sous des regards d'envieux.
Certains ne se contiennent plus et imitent sans aucune
pudeur les battements et les va-et-vient charnels. Ils
bavent, la bouche ouverte. Elle les oublie, elle est dans
sa torpeur musicale. Elle est déchaînée. Elle semble ne
pas être fatiguée du long voyage. Elle provoque, mais
refuse qu'on la touche, qu'on l'enserre. Elle repousse
avec rage les plus actifs et les plus malins qui tentent
de la séduire, elle ne les voit pas. Elle sent l'odeur, le
parfum des femmes et des hommes. Elle danse. Elle
danse. Elle s'évade dans son cosmos aux rythmes
métalliques et électriques, elle exulte, elle plane, elle
montre sa joie d'être transportée dans le monde de
l'ivresse des corps au son des acoustiques qui vibrent
dans ses tripes, elle danse encore au milieu d'ombres
fugitives, dans sa poitrine le battement de son cœur est
sonore, il s'intègre dans le tempo. Son visage est sans
expression, elle est dans un monde qu'elle seule peut
imaginer, elle a chaud, quelques gouttes de sueur
viennent perler sur son front, sa gorge. Ses cheveux
sont dénoués, ils flottent dans la lourdeur épaisse
comme une masse légère, une touffe aérienne d'herbes
folles, telles une gerbe d'algues marines, une fleur de

pitaya épanouie. Sa silhouette déchaînée semble se ballotter dans une curieuse et délicieuse envolée du corps en une mesure syntonique, sans accroc, elle virevolte sur la piste dans une douceur exotique, elle s'arrête en quelques secondes alors que des prétendants la suivent du regard et certains autres lui emboîtent le pas espérant qu'elle est la malice à se laisser émouvoir par leurs qualités physiques ou par leurs charmes proverbiaux, traditionnels, ancrés dans la culture malgache. La générosité ne suffit pas, car elle envoie paître avec une indifférence totale celui ou celle qui veulent lui adresser la parole en levant la main en signe de dépit pour ne pas encourager les plus vaillants et les plus collants. Quand elle est de retour au bar, Matt a déjà commandé un nouveau mojito. Sur son visage, la froideur se dessine, on peut y lire la contrariété. De son allure décontractée en début de soirée, il ne reste que des traits lourds et suspicieux. Il est complètement bouleversé par la scène qu'il vient de voir se dérouler sous ses yeux. Ce n'est pas Nadia qu'il avait devant les yeux, mais sa sœur Helena qui gambillait dans la même apparence. Il en perd son sourire, cette apparition fantomatique l'a reculé dans le temps de plusieurs d'années, la culpabilité lui serre la gorge. Il est ankylosé, embrumé dans le cerveau et figé sur place. Nadia est désolée, mais elle aurait préféré une vodka orange, elle le fait savoir.

– En Albanie, la vodka est sur toutes les tables de fêtes et j'aime de temps en temps me piquer un verre. Tu boiras le rhum, OK ?

Matt n'est pas avare, il rappelle le barman, il est surtout soucieux de ce qu'il a entrevu et il est mal à l'aise. Nadia est dans un autre article, elle vient de faire la folle et elle est contente d'avoir fait remuer le sang à toute une ribambelle de mecs assoiffés de sensualité et de belle chair. Sa réputation est à défendre, alors pas de rencontre à faire pour la bagatelle. C'est sa façon de s'exprimer dans l'enfer de la tentation ubuesque qu'offrent les boîtes de nuit.

– Beaucoup de chaleur dans leur culture de la danse, les types sont trop sans gêne et sont peu attirants. J'ai les fesses humides, mais ce n'est pas dans mon genre de faire du frotti-frotta contre et à travers mon tee-shirt, c'est abaissant. Peut-être qu'ils n'ont pas ce souci de pudeur !

Allison éclate de rire, elle se plie en deux, en entendant la version moraliste de la belle Albanaise, elle ne cache pas son envie de dormir et elle suggère de rentrer. Elle tape du pied pour réveiller Matt qui sombre dans une espèce de léthargie pleine de confusions mentales. Il est ailleurs.

– Il est tard, demain, on doit faire face, peut-être à une autre histoire. Le temps de boire ce godet et on repart ! OK.

Nadia secoue sa vodka avec sa pagaie et d'un trait, elle s'enfile le contenu en claquant de la langue.

– Les Polonaises, moins les Albanaises, ça, elles le boivent sec et pour le cul, elles sont pareilles, elles n'ont pas de tabou, elles sont romantiques, elles ont le cœur chaud et paraît-il qu'elles sont fidèles ? Ça, je ne sais pas… on ne peut pas faire une chose et son contraire.

Matt saisit l'analyse de Nadia sur les mœurs des Balkans comme du bon pain, de la pâte à pétrir. Il reçoit un semblant d'appel empli de sous-entendus qui l'intimide, l'émeut. Il coche dans sa tête toutes les cases positives que Nadia a soufflées pendant qu'elle reprend haleine après une fougue intense dans laquelle elle venait de se jeter avec une ardeur presque effrénée. Des images déjà revues, des images ressouvenues se superposent dans son esprit avec celles de ce soir qui traverse son esprit. Il doit se concentrer pour se retrouver dans un état de sérénité normale. Allison lui tape sur l'épaule. Elle monte le ton.

– Si tu veux rester dans la maison pour alimenter ta lubricité et te payer une doudoune malgache, c'est ton problème, il ne faut pas trop compter sur moi !

Nadia pouffe de rire en embarquant Allison par le bras et vers la sortie. Les taxis omniprésents sont devant l'hôtel en attendant d'avoir la primeur de conduire les Français dans leur lieu de résidence. Le premier est le bon et gagne le lot. Matt occupe le siège passager, la voiture est française, elle date des années quatre-vingt. Allison assise à l'arrière est secouée, elle tombe de sommeil et Nadia la maintient, les petits soubresauts les rapprochent, Allison se love dans les bras de l'Albanaise et leur étreinte réservée se prolonge jusqu'à ce que Nadia enfouit sa main sur les genoux en la caressant, alors que Matt est préoccupé a regardé la route cahoteuse. Il n'est pas sorti de ces visions intolérables qui le poursuivent depuis qu'ils ont quitté l'hôtel, il parle sans se retourner au chauffeur. Nadia berce tendrement sa voisine qui paraît endormie ; coquine, elle la caresse comme un enfant, mais cette affectuosité est plus intime. Allison laisse les mains la visiter, elle respire du nez et halète légèrement, elle ouvre en grand la bouche, signe qu'elle reçoit des signaux récepteurs de jouissance. Le petit jeu très subtil s'arrête devant la résidence. Allison est gênée, ce qu'elle ressent c'est une frustration, elle

Gérard Baker .*Les sens ont de mémoire*

aurait tant voulu que rien ne puisse interrompre cette envolée enivrante. Elle se détache de sa partenaire audacieuse avec peine, elle a un petit accès de honte quand elle s'aperçoit de son état et de l'auréole qui s'est formée au bas sur sa robe claire et moulante, elle s'excuse, en essayant de la cacher. Son regard piteux se tourne vers Nadia. Matt discute de prix et de location, elles regagnent leur chambre.

– Tu as vraiment tout pour plaire, c'est un don, ce n'est pas moi qui vais me plaindre, mais on n'est pas là pour ça.

Nadia est ravie.

– Toi aussi tu as tout pour mettre le feu, mais je sais que tu aimes les garçons, moi je ne cours pas après. Ils n'auront pas ma peau comme ma grande sœur. Je ne les encourage pas, les filles c'est ma solution affective, humaine. Ce n'est pas par goût ni par caprice. Je ne te prendrais pas Matt, même si c'est le plus bel homme de la terre…

 Elle prend une pause puis elle fouille dans son petit sac. Elle s'écrie tout à coup.

– Putain, mon portable est tombé dans la voiture. Voilà, c'est perdre la tête, tu peux aller dormir, bonne nuit, tu es un peu KO, alors prend une douche.

– Oui, à demain, et bonne nuit. Je suis un peu bourrée par l'alcool et les nuages de stupéfiants. Je ne supporte pas les boîtes de nuit.

Allison s'éclipse, Nadia lui fait une bise sur la joue, puis elle retourne rapidement vers le taxi, tout affolé, alors que Matt n'en finit pas de faire des tractations hasardeuses, car tout sent la magouille. Et il n'est guère expert en la matière. Il voit qu'Allison qui rentre et Nadia qui se précipitent à l'arrière de voiture pour retrouver son téléphone. Le spectacle sous l'éclairage d'un lampadaire qu'elle offre lui donne le tournis, le corps plongé entre les sièges, son short trop court est relevé jusqu'au postérieur, ses grandes jambes telles que celles de madame Karembeu, sont légèrement écartées le mettent encore en émoi. Elle se débat en cherchant dans l'habitacle. Le chauffeur l'aide. Déjà perturbé pendant la soirée, Matt est cloué sur place, la vue qu'offre Nadia dans une posture quasi provocante est d'une indécence involontaire. Elle le submerge quand il distingue la mince ficelle rouge de son string qui sépare ses fesses surélevées. Son illumination se tarit quand, triomphale, elle se redresse et qu'elle montre le petit portable qui était coincé dans la banquette. Il en résulte d'une petite ivresse et d'un égarement avec sa compagne de voyage. Elle est brouillonne, confuse et toute débraillée, c'est une erreur due au relâchement, mais elle est satisfaite de ne pas l'avoir perdu définitivement.

– Ça y est, je l'ai, merci le monsieur !

Elle reste plantée à essayer de l'ouvrir, mais en vain, Matt en profite pour lui donner quelques conseils, elle s'énerve sans les suivre.

– Allons dans ta chambre, ici on n'y voit goutte. Tu as dû marcher dessus…

Cette proposition, Nadia ne la repousse pas, elle est confiante. Il peut lui rendre service. Matt est tendu, elle l'a chaviré. Il tient le téléphone dans la main et de l'autre il tente une diversion en la prenant par la taille, il joue les consolateurs de terrain sans trop abuser. Il perçoit une petite irritation puis une hésitation quand il ruse en essayant de faire croire que son regard s'intéresse qu'à l'objet en panne.

– Il faut un petit tournevis et je te promets que tu pourras t'en servir.

Dans le couloir, il fait semblant, puis il donne l'illusion d'être impuissant devant le problème mécanique.

– As-tu un outil tranchant, un petit couteau dans ta valise ?

Devant la porte de la chambre, la main sur la poignée, elle s'immobilise, car le regard de Matt l'inquiète quand il pose sa main sur la sienne et l'accule sans qu'elle n'oppose aucune résistance. Elle le toise. Alors qu'il oppresse sa poitrine et qu'il l'embrasse malicieusement dans le cou, elle passe sous son bras.

– On verra cette histoire demain si tu veux. Ne gâche pas ta chance d'être en vie.

– Non, demain nous allons avoir Allison sur le dos. Elle est très pressante et jalouse si je viens dans ta chambre, il y a en pour cinq minutes. J'ai besoin aussi de connaître tes intentions, en ce qui concerne ta venue à Madagascar. C'était prévu ?

– Oui et non… Que veux-tu savoir de moi ?

– Allez, ouvre, on entend tout dans cette villa. Ouvre cette porte ou alors tu viens dans ma chambre. Choisis !

Nadia obéit de son air contrarié, elle n'apprécie pas cette intrusion forcée. Elle serre les dents. Elle devine que Matt a un secret. Elle le suit du regard quand il s'assoit sur le grand fauteuil en scrutant le portable. Elle s'assoit loin de lui. Elle le fixe.

– Voilà, la lumière jaillit et ton portable est ouvert. Demain tu mets l'enregistreur de distance et on achète des Talkie Walkies. Assieds-toi près de moi s'il te plaît. Je veux savoir ce que tu mijotes. Pourquoi as-tu suivi Allison dans ce bourbier ? Elle m'a embarqué dans cette aventure et moi, pauvre idiot, j'ai marché dans l'affaire. On s'entend bien toi et moi. Par contre ma relation avec elle est chaotique, j'ai peur qu'elle soit trop exclusive. Elle pourrait me détruire. Jane a créé sa préférence pour un guerrier islamique. Alors es-tu la femme qui me croise sur le chemin de l'amour ? Le vrai !

Nadia est à moitié étonnée. Matt ne surprend pas, il est trop démonstratif pour qu'elle ne voie pas son désir, son impulsion névrotique. Il parle en s'imprégnant de ses mots, il s'écoute. Il aspire à ce qu'elle va lui ouvrir grand les bras en racontant sa vie antérieure, ses déboires et ses peines, sa jeunesse. Il est roublard et trouble, il donne sa version de la perdition de son couple avec Jane et son sauvetage impensable à l'heure actuelle. Elle ne saisit pas tout, c'est trop touffu, trop ambigu et le problème de la langue n'arrange pas le dialogue. Il force, il la pousse, mais elle reste bloquée à entendre sa déclaration timide d'amour. Le grand jeu, mémorable, mais trop connu pour qu'elle s'enlise dans les sables mouvants de la tendresse.

– J'ai soif, en général le frigo est plein, on a juste à se servir, dit-il, en se levant pour l'ouvrir. Je t'offre quelle boisson pour finir en beauté cette première soirée qui, je crois, en appelle d'autres ?

– Un peu d'eau pétillante ? Après tu vas te coucher, là je suis épuisée et je veux dormir. Merci d'avoir ouvert ton cœur, je suis très touchée, tu es très sensible et sentimental, c'est rare dans cette société française que je trouve plus hypocrite qu'en Albanie. C'est une bonne chose que j'apprends, mais je suis réservée.

– Quelqu'un est dans ta vie ?

– Tu te trompes, ce n'est pas ce que je voulais dire. On peut aimer beaucoup et ne pas recevoir de l'autre cet amour en compensation. Je suis maintenant longtemps en France. C'est un monde trop hétéroclite qui ne respecte pas les valeurs de chacun où tout est logique, mais très superficiel.

Il lui offre un verre d'eau pétillante. Il se case contre elle, sur le divan qu'elle occupe, il se colle puis il se vautre, il devient pesant. Nadia fronce les sourcils, car cette approche est de mauvais goût. Elle se déplace sur le côté opposé. Il se retient. Il est gauche, car sa petite tentative a échoué. Une nouvelle reculade signifiera qu'elle est rétive à tous les débordements. Le grand gaffeur est dans son élément de désorganisation d'esprit et lourdaud comme jamais, il sort une boutade immonde. Il tient sa bouteille de bière dans la main. Il perd tout sens de la repartie. Elle est outrée.

– Tu es comme une jument, un cheval *Isabelle*, tu hennis et tu balances ta crinière jaune au vent quand tu danses. Tu donnes des sueurs tièdes aux pur-sang mâles qui veulent saillir. C'est une image qui me saigne, mon sang bouillonne, je deviens fauve et sauvage.

– C'est de la poésie de chevalier français.

– C'est mon inspiration, c'est en quelque sorte ce que l'étalon veut de la jument sans qu'elle se cabre…

– Tu as de l'imagination, mais tu ne me toucheras pas, c'est interdiction de mettre tes mains sur moi ! OK ?

– Nadia, nous avons des points communs.

– Allison est mon amie, je ne vais pas la décevoir, c'est le truc classique qui m'énerve. Les types qui m'ont séduit sont peu nombreux et dire qu'il y a des points communs lors d'une petite attirance, c'est faux. Tu ne me connais pas. Je suis d'origine albanaise, je ne m'amuse pas à baiser à tous les coins de rue. Je suis désolée, seule ma mission compte. Toi, tu as trois femmes dans ta vie, c'est dans ta tête de macho, mais moi je suis qu'une ombre.

– Nadia, si je te touche, je sais que tu es vivante, tu vis, tu respires, tu es désirable…

Sur ces mots, Matt tente de la prendre par l'épaule et le cou, de l'attirer pour lui poser un baiser sur la joue, puis à la commissure des lèvres en la tenant fortement. Dans un mouvement vif, Nadia s'écarte brutalement de lui et se lève d'un bond tel un ressort, laissant celui-ci dans un néant d'incertitude totale de ce qu'il pourrait lui arriver. Il reste cloué sur le fauteuil en voyant qu'elle saute sur ses deux pieds et en un tour de main, elle prend la mallette déposée à côté, elle enlève les loquets des serrures en un clin d'œil, elle en sort dans la seconde qui suit, un calibre, un pistolet de tir sportif. Elle arme, elle le fixe avec les jambes en position de tir. Elle lui exprime toute sa capacité à le convaincre d'arrêter son jeu.

– C'est une arme de compétition de tir aux cinquante mètres et c'est du neuf millimètres, c'est mon préféré, je suis championne dans mon pays et cette poignée ergonomique est très sûre pour la visée. On approche le centre de la cible lorsqu'on est très concentré. Toi, tu es à un mètre, alors finissons-en !

– Je suis désolé, Nadia ! Pardon si je t'ai blessé.

– *« Les Albanais ne veulent pas vivre sans arme dans un monde aussi dangereux que le nôtre »*. C'est le discours qu'a tenu l'un des députés du parti socialiste, favorable à la possession d'armes dans la société

albanaise en février dernier pour le quotidien « *Shekulli* ». En plus de l'aspect sécuritaire, il soulève une autre raison qui pousserait les Albanais à avoir une arme : le tir comme discipline sportive. Ce député considère que c'est un sport qui plaît surtout pour son côté « excitant » oui, et exécutant par l'adrénaline qu'il génère. Alors cela te convient-il ?
– C'est triste d'arriver à vouloir tuer un homme parce qu'il vous a chahuté un peu.
– C'est lâche de tuer une femme quand, elle n'est pas consentante… tu lèves ton cul en levant les bras et tu files te coucher. Demain, je veux te voir à l'œuvre, on verra si tu as des couilles comme tu le dis.

Matt se soumet à son ordre, il prend peur, il jette un regard glacial à Nadia, qui le tient en joue, une maladresse de sa part, le coup peut partir. Il est sur le bord de l'effroi. Elle referme derrière lui en l'ajustant et en tournant le loqueteau de la porte.

Elle l'épouvante. Est-elle sur le point de le démasquer lui, l'un des protagonistes impliqués dans la disparition de sa sœur aînée ? Est-il repoussé dans ses derniers retranchements ? Les éléments qui manquaient à son enquête ont-ils vu le jour ? Quel est le rôle d'Allison excepté les attouchements ? Il est perturbé, c'est fille si sexy, qui semble à sa portée, si docile, si avenante jouant les notes de l'arpège amoureux cache un autre dessein plus morbide. Il est salement rejeté et humilié. Mais ce n'est pas tout, en essayant de la séduire, il pouvait compter sur elle pour obtenir une probable paix et s'assurer du coup une quiétude avec Allison.
– Putains, elles me gâchent la vie !, il crie sa détresse. Il scrute son téléphone. Il regarde, admiratif, les photos

de cet après-midi prises dans la piscine avec Nadia, c'est l'osmose ! Mais elle a changé d'expression environ trente minutes plus tard, quand elle s'est pointée en Kaki en le visant. C'est probant. Ce n'est pas la peine de se trimballer avec un non-lieu si elle cherche des noises envers Éric et lui. Il sait qu'Éric ne lâchera rien. C'est rassurant, ils ont toujours raconté la même histoire, c'est du passé, c'est jugé, Nadia est sans pouvoir, c'est certain. C'est tout de même l'échec. Il est navré et désenchanté.

Nadia est en colère, mais elle a fait mouche, elle ne sait rien, mais le doute persiste, même si Allison a la même perception qu'elle. Elle maintient l'arme dans sa main, la sentir dans sa paume lui donne une étrange sensation de sûreté, de sauvegarde. Elle tend l'arme, elle vise, elle appuie sur la détente, elle savoure le déclenchement, il n'est pas chargé, elle abaisse le bras en douceur, elle est de nouveau calme, elle range le pistolet. Elle va dormir maintenant en pensant à la délivrance que cela lui procure. Elle se déshabille. Elle se dirige sous la douche. Elle s'octroie un moment de délassement, elle se dit qu'Allison est très sensuelle, c'est une vraie bombe, il est dommage que Matt soit douteux, si emprunté et si imbécile dans son comportement. Elle le trouve plaisant, mais c'est sa seule qualité. Allison est plus à son goût… elle recommencera de l'épanouir au féminin. C'est surtout le Démon lesbien qui l'entraîne vers ce désir fantasmagorique. Elle exulte sous l'eau fraîche, elle se pâme, la soirée a été longue, demain sera un autre jour, elle se promet de faire le vide et la lumière.

Allison a verrouillé la porte de sa chambre, elle dort à poings fermés, elle est hantée par des rêves érotiques où Nadia est dans un désert. Elle est couchée sous une tente de Bédouins, ses grandes jambes sont en l'air. L'homme avec le turban et en djellaba, qui regarde sa nudité n'est pas autre qu'Éric. Il lui ouvre la vulve avec la pointe d'un sabre étincelant de pierres précieuses en adjurant qu'Allison lèche la lame sous peine de flagellation, sous les applaudissements de Matt, le voyeur narquois et ironique. Elle se réveille le ventre transpirant et humide sous les seins. Elle les relève de la main pour se donner un peu de frais, elle a le visage moite et les yeux embués, elle est étonnée que ses fesses soient si fortement mouillées. Ce bain de sueur l'intimide. Ce rêve trouble l'embarrasse, elle suppute un déroulement de faits dont elle serait absente, auxquelles elle n'aurait pas assisté, dont elle serait la victime distraite. Son excès de confiance envers Nadia est peut-être d'une faiblesse impardonnable ? A-t-elle laissé le champ libre à un flirt naissant sans intervenir ? Elle se lève puis elle boit un verre d'eau glacée prise dans le petit frigo, très appréciable dans cette chambre où la clim ne semble pas trop dynamique. Elle est encore sous l'influence et la dominance de ce cauchemar anacréontique. Elle s'essuie pour se sentir plus au sec, la nuisette est trempée légèrement, alors elle décide de se recoucher nue, ce qui n'est pas habituel.

Sa vraie nature, elle y pense, ce n'est pas d'être jalouse, mais Nadia a tellement d'atouts physiques qu'elle devient sceptique concernant son comportement dans les jours prochains. Elle regarde son réveille-matin, il est tard quatre heures du matin passé et le silence de la nuit dans cette villa ne la rassure pas. Elle a besoin de réconfort. Cet épouvantable cauchemar l'angoisse, c'est le côté sardonique et barbare qui l'épouvante. Elle voit Nadia ouverte jusqu'au nombril par un coup de sabre Flissa, offrant une scène de supplice de torture et Éric qui insiste pour qu'elle donne de la langue dans la plaie sanguinolente. Elle ressent un sursaut d'effroi, elle panique, car si Nadia est vraiment en péril, elle se culpabiliserait. Elle est consciente que c'est elle l'abrutie qui l'a menée dans cette aventure dangereuse et hardie ! Elle doit assumer, il faut qu'elle la protège contre toutes les atteintes néfastes. Sommairement ensommeillée, elle tourne dans son lit. Montrer trop d'affection ou être trop protectrice pourrait nuire à une bonne entente entre les trois partenaires. Elle doit tout de même, pense-t-elle s'assurer que tout va bien pour Nadia. Son initiative sera peut-être de mauvais goût, prise pour une crise de jalousie si Matt est présent. C'est un dérangement inopportun, mais elle peut toujours crier sa mauvaise foi en formulant une ânerie, telle que du bruit dans le couloir ou un animal qui aurait envahi sa chambre. Elle cherche dans sa tête des excuses basses, peu crédibles, en sauvegardant une part de dignité. Elle sort en nuisette et tape à la porte de la chambre de Nadia. Celle-ci est encore éveillée. Elle lui susurre la joue contre la porte.

– Nadia, ça va ?

– Putain ! Toi, aussi tu ne dors pas ?

Avant qu'elle ne réponde, la porte s'ouvre d'un coup sec, Nadia, la tire à l'intérieur en l'embrassant sur le front et en l'enlaçant.

– Tu as vu l'heure, on est mal barrées pour demain.

– J'ai eu peur pour toi, c'est un mauvais rêve, je suis contente que tu sois intacte.

– Matt est repartie la queue basse, il a cru, que j'étais disponible. C'est drôle, il est bizarre dans tous les domaines, peut-on lui faire confiance ? Mis à part que c'est un beau garçon, j'ai failli lâcher, mais les éléments recueillis sont formels, il peut s'agir d'une pièce maîtresse. J'ai sorti mon pétard.

– C'est vrai ? Oui, c'est un témoin, c'est fondamental !

Nadia ne cesse de la caresser pendant toute sa conversation, elle l'emporte dans son mouvement dans la banquette sans qu'Allison proteste. Celle-ci reçoit le désir qu'elle refuse depuis des mois. Nadia est merveilleuse dans le contact. Allison sombre sous le baiser suave et sensuel de la belle Albanaise qui affole son corps en lui apportant une jouissance libératrice. Leurs corps se nouent et se dénouent alors que Nadia est insatiable et débordante de fougue. C'est l'apoplexie pour Allison qui crie son plaisir et Nadia qui se satisfait. Allison revient à elle, elle est trop épanouie, elle rit de tant de bonheur. Elle est inondée, elle se retire.

– C'est le coup de sabre dont j'ai rêvé, ta petite chatte était élargie par ce salaud d'Éric.

– J'ai un vibromasseur du tonnerre si tu veux ?

– Non merci, c'était divin, mais demain, on y va. Quelle nuit ! Dois-je dormir dans ma chambre, ne pas créer des soupçons, car sans lui, on risque de rentrer bredouille ? C'est un éjaculateur incontrôlé. C'est dommage. Il ne suffit pas d'être beau pour enflammer. Tiens, me voilà bisexuelle à cause de toi. Il nous voulait tous les deux, j'ai compris que ce n'était pas possible avec toi.

– L'amour à trois ? Mais c'est dingue ! Ce mec est un psychopathe, il est le bel animal qui représente l'adoration, toujours l'image du respect, du gaillard de haute taille, très musclé et très affable, mais déguisé en un tueur virtuel.

– C'est à prouver. C'est la puissance des armes qui peuvent faire reculer ce chevalier meurtrier sans reproches. Le but féodal de ces guerriers était de tuer, l'honneur suprême était de prendre la vie d'un homme. Mais on le devine faible et ce babouin d'Éric est un piteux disciple de la même carrure rêvant de tripes au soleil et de ventre ouvert jusqu'au giron. Le sabre serré dans sa main, il est le petit héros sanguinaire, se croyant vainqueur par la destruction de la farce occidentale de l'homme fort et riche de son pouvoir et de son argent. On n'est pas conquise, on doit tenir la dragée haute à ces deux hurluberlus. J'ai compris qu'ils n'étaient pas assez virils et que cette anomalie les rendait suspects. Leurs amours de jeunesse, ce sont les clins d'œil et les sourires vertigineux distribués à tous les vents en soulevant les jupettes d'adolescentes affriolées. Elles les faisaient saliver et ces images les incitaient à choper une brutale bandaison suivie de masturbation solitaire et salvatrice. En dehors de ses exploits manuels, ils sont incapables d'une once de tendresse, de béatitude, de sentiments élémentaires nobles dont une partenaire la plus rugueuse en matière d'amour s'attend à recevoir. C'est ce que j'en déduis, au préalable mon expérience ne le condamne pas, mais il est important de savoir, quel rôle a-t-il joué dans cette complicité ?

– Tu auras une réponse ! Tu es l'actrice sage de la scène de fin où l'on s'embrasse pour l'éternité soit au contraire, tu es celle qui se penche sur le corps de celui que tu as tué. Celui de l'homme qui est en train d'agonir en demandant pardon.

– Je n'ai aucune intention de le tuer, c'est clair.

Gérard Baker .*Les sens ont de mémoire*

– Allison, c'est clair comme le soleil et sombre comme dans une éclipse. On ne va pas faire marche arrière… bon, j'ai envie de pisser, c'est congénital, à chaque compétition, ma vessie est capricieuse, je dois la soulager pour me tenir au sec ! Les membres tels que les bras et les cuisses sont tendus, ils ont un effet sur cet organe et libèrent des toxines. Je suis prête à affronter « les enfants de Dieu ».

– Je crois que c'est d'une immoralité pire que cette secte, mais le but n'est pas de lutter contre une idéologie quelconque, islamique ou salafiste. C'est en particulier celui de rendre justice, c'est surtout pour l'exemple. Combien de jeunes filles ont été agressées par ce voyou ? On ne le saura jamais…

Gérard Baker . *Les sens ont de mémoire*

La visite

Matt a bien dormi et sa première pensée est pour Nadia. Il est encore sous le choc de son insuccès. Sa peur grandit, il est sous le coup de l'imprévisible, l'acte de refoulement dont il est la victime honteuse est un camouflet. Démoniaque, elle a la stature d'une amazone issue du système matriarcal du temps de sa splendeur, guerrière, à l'effigie de la femme armée et belliqueuse. Ce mythe semble reprendre vie dans la conjoncture sociétale. C'est glaçant ! Elle le renvoie à son identité primaire de jeune marginal de banlieue, avec le foulard rouge de Renaud et ses santiags. Il se remémore ses souvenirs lointains, et les mœurs dévoyées qui établissaient l'ordre dans les bandes de loubars dans les terrains vagues de la délinquance.

Sous la houlette de Jane qui adore la sveltesse et la beauté dans l'aspect respectueux de l'homme moderne foisonnant dans les magazines, il se lança dans les études de pharmacien. C'était sous la forme d'un repenti à l'âge adulte, alors que tous ses copains étaient déjà casés dans le régime conjugal. C'était la stabilité de couples presque parfaits, mais incohérents souvent très mal assortis.

Il est sous influence. Il a la chance de s'abriter derrière le mutisme d'Éric qui dans le cas saurait se défendre devant tous les arguments possibles qu'Allison pourrait lui soumettre. Il rejette l'idée que ce dernier pourrait bonnement vider son sac en se compromettant davantage.

Il se coiffe soigneusement devant le miroir, il admire un peu son regard sombre et profond. Il enfile un bermuda à fleurs bleues, genre Hawaï, un débardeur très moulant jaune clair. Il est au top ! Après tout, il peut s'en sortir sans aucune égratignure. Il sort pour le petit-déjeuner. En quelques pas, il rejoint les deux filles attablées sous une grande véranda. Quelle surprise ! Allison a revêtu une tenue de campagne. Jeans, tee-shirt, chapeau de brousse et chaussures de stretching. Un 4x4 beige équipé avec un arceau métallique de défense, de pare-chocs renforcés est stationné devant l'entrée du pavillon. Nadia en sort, campé sur ses deux jambes en habit militaire et gilet pare-balles. Elle est toute souriante et moqueuse en voyant sa dégaine. Allison ironise en le persiflant.

– Si j'ai bien compris, tu es prêt pour draguer la vahiné. Sache que tu t'es trompé de continent, ici c'est l'Afrique, ce sont des femmes malagasy. On va à la chasse au gros gibier. La pêche au thon, c'est demain sur la plage de Ramena. OK ? Bois ton café, on va faire un tour dans l'archipel, on va tâter le terrain. On aura une vue d'ensemble du site, on pourra savoir comment on va se tirer des pattes s'il y a maldonne. Ton copain est là, il est dans la prière ce matin. On va lui rendre visite le soir.

– Vous avez fait tout cela, sans moi ?

– Oui, bien sûr, surenchérit Nadia en s'approchant du couple. Elle le nargue, elle passe sa main sur l'épaule de sa voisine de table. Elle se sert une tasse de café et une autre à Allison.

– Oui et même l'amour sans toi !

– Je ne suis donc pas méritant à ce point ?

Allison réplique durement.

Gérard Baker . *Les sens ont de mémoire*

– C'est que nous saurons bientôt, mais tu vas te changer, on va dans la jungle, pas au bord de l'eau. Mets-toi de l'antimoustique.

– Allison, Nadia te lèche et toi tu me lâches, tu me lâches pour une poule visqueuse, vicieuse, un pistolero. Tu gouines alors que tu m'as juré d'être une hétéro. C'est fou, dingue, ce que la chair peut être est faible quand on veut en jouir. Mais pour l'instant, c'est moi le dindon de Noël !

– C'est de ta faute, en mettant en avant le concept du *polyamour,* qui existe, je pense depuis des siècles de façon hypocrite basée sur le mensonge sauf dans les clubs libertins, j'ai trouvé que ton idée de partage pouvait faire son chemin dans mon esprit. Mais voilà, la boucle n'est pas fermée, Nadia n'est pas d'avis de rentrer dans le jeu. Franchement ce n'est pas possible qu'un mec soit aussi maladroit pour enjôler. Je suis encore dispo pour toi, mais tu connais la règle instaurée et la condition. Donc voilà !

– Oui, répond Nadia, c'est grave quand un pauvre type te demande de coucher avec lui comme s'il parlait à son chien ou son cheval. On a évolué, dans mon pays, il est essentiel d'être respectueux. On se fie aux apparences, mais le minimum, c'est de ne pas forcer physiquement la personne. J'ai appris le français et je ne comprends pas ce langage de trottoir.

Matt tombe sous le coup dur. C'est un affligeant déplaisir porté à son encontre. Il fait bonne figure, il pense à une théorie de complot entre les deux femmes. Il devient méfiant, ce mépris le gêne, car Allison reste soucieuse, elle ne se mêle pas de la conversation ni de la réflexion de Nadia. Elle connaît les agissements de Matt, ce n'est pas une nouveauté le concernant. À la limite, elle est d'accord sur son immoralité et elle plaide en faveur de Nadia dont les arguments présentés sont sûrement justifiés.

– On n'enlève pas la petite culotte de mon amie sans s'incliner en politesse et sans prévenances. On ne lutte pas contre l'abstinence de cette manière. C'est le refus total même dans les couples très soudés. Une femme doit pouvoir se sentir dans de bonnes dispositions. Si elle ne l'est pas, alors il faut donner l'impression qu'elle va regretter son inhibition ; la convaincre qu'elle n'est pas soumise.

– On est en plein cours de relation sentimental et de sexualité… je suis idiot, mais c'est le pourvoi en castration que tu demandes. L'homme a des neurones, mais aussi l'hypophyse, l'hypothalamus et produit de la testostérone, j'ai appris cela dans mes études. Ce n'est pas contrôlable, c'est le désir sous la forme scientifique. Alors, on fait quoi avec toutes ces glandes ? On se branle ? Et quand une fille comme Nadia vous fait des appels, on dit bon, elle a un beau cul, elle vous le montre, si ce n'est pas aguichant, hein ? C'est ce que je reproche au féminisme, les types peuvent regarder, mais ne pas toucher, c'est réservé. « J'ai mon gode ! » Plus tard, elles diront « non merci, j'ai mon robot à la maison ! » Voilà ce qui est triste. On a fermé les maisons closes pour protéger une population de prostitués, mais c'était une nécessité pour les hommes en panne. C'est une utilité publique, c'est légal en Allemagne, ce sont les Éros Center ! C'est la vérité !

Elles écoutent en silence le plaidoyer de Matt, Allison l'a déjà entendu filtrer cette thèse par petites salves finement distillées et homéopathiques pour convaincre de la fébrilité sexuelle de la société. Ce

qu'il défend avec opiniâtreté, c'est sa faiblesse et non celle du monde occidental qu'il accuse d'être fait d'hypocrisie. Devant les deux filles médusées, il continue à proclamer de l'indulgence envers certains comportements qui pourraient être abusifs de la part des hommes où l'amour-passion semble être condamné par l'appât du gain et du superficiel. Debout, les mains sur les épaules d'Allison, Nadia reste impassible. Le stoïcisme qu'elle éprouve prend le dessus, elle le laisse étaler ses arguments sans broncher. Matt espère donner une leçon de bienveillance à ses deux partenaires qui le mettent sur le tapis. Les yeux d'Allison clignent sous le soleil qui devient ardent, elle baisse ses lunettes posées sur son front sur le nez en souriant. Son amant converge vers des explications caricaturales. Il a de la difficulté à être dans la logique dans la joute oratoire, il s'écrase en cherchant des liens poétiques et sentimentaux.
– Sans être un vertueux ni critique, je suis observateur, je suis certain, depuis des décennies, les jeunes filles perdent leur virginité à peine sortie de la préadolescence, on peut les recenser facilement, le pourcentage est édifiant, c'est parfois très impressionnant. Elles sont des petites bonnes femmes qui demandent la pilule du lendemain sans complexe. Elles arborent leur décolleté quand l'été vient, les collants et les fesses moulées dans un tissu qui ne cachent rien de leurs formes. Ce n'est pas que je sois pour l'habit de carmélite, mais il faut avouer que l'incitation est grande, elles fument, elles boivent et elle chante la liberté au féminin. Par contre les gars sevrés, les abstinents involontaires, les frustrés, les chastes, les religieux impénitents deviennent de

cyniques et de célèbres personnages dont la littérature, le cinéma et les actualités s'emparent, car plus leurs crimes sont odieux, plus on les projette en avant. On les dit malades à enfermer dans un hôpital psychiatrique pour le restant de leurs jours si les médecins les déclarent ainsi. Voilà le féminisme dans toute sa grandeur hétérosexuelle. Je n'ai pas parlé du contexte homo, c'est pour moi, un domaine encore flou. Je suis donc victime d'une conjuration menée de main de maître par deux partisanes de l'inhibition masculine.

Allison élève le ton, l'image qu'il brosse d'elle à coups de pinceau insolents et désinvoltes est trop méprisante. Elle le remet en place.

– C'est crier au loup par jalousie et par cupidité, tu es affreux, tu en connais beaucoup des jeunes filles qui soulèvent leur jupe pour se faire sauter ? Occupe-toi de tes bijoux de famille, pas si fameux, pas si brillants avec leurs odeurs de crevette ! Va te changer, la minette qui t'attend a de la barbe au menton, ne cherche pas, tu ne trouveras rien dans son slip.

Nadia se tord de rire. Elle retire son gilet pare-balles et sa poitrine jaillie devant les yeux de Matt qui souffle de tant de frustration. Il boit son café et il prend deux brioches croustillantes sur la table. Elle le provoque, elle passe sa main sur ses seins d'un air suffisant en les soulevant et en les malaxant ingénument. Elle l'étrille à sa façon.

– Il fait chaud et je suis chaude, ce pays est magique, il apporte beaucoup de vitamine D. J'ai un appétit du diable. Les mecs ici sont brûlants et les femmes actives. C'est bon pour le moral ! Ce sont les fruits de la passion, moi j'adore leur parfum, j'aime aussi croquer dans les mangues juteuses, les bananes et les

litchis acidulés, sucrés ! Je sais que c'est un péché calorique, mais mon estomac réclame de la douceur.
– Comme Allison !
– Oui, elle est pulpeuse et toi, tu es râpeux comme de la toile émeri. Tous les goûts sont dans la nature ! Il est impossible, impensable de comparer le plaisir infini que l'on peut avoir, à boire l'eau saline d'une moule tiède et celui de sucer la hampe dure d'un bâton de réglisse luisant et satiné ? Je suis persuadé que c'est le désir qui commande l'impulsion à savourer l'instant jusqu'aux tréfonds, jusqu'à ce qu'il y a de plus intime, de plus secrets dans son for intérieur. C'est la réponse aux tourments des êtres délaissés parce qu'ils sont immatures.

Matt est au bord du gouffre. Il est déçu par sa prestation. S'il a tenté de démontrer aux filles que les nouvelles générations Z seront obligées dans l'avenir de s'aimer à distance en se connectant et que le vieil amour de papa et maman sombrera dans l'oubli comme les punkettes et les grunges de son époque. C'est un peu un échec philosophique personnel. Il ressent que, quelle que soit l'excuse qu'il trouvera et le pardon qu'il suscitera, il n'aura pas le dernier mot. Hanté par son effroyable action, il a les larmes aux yeux quand il s'éloigne pour enfiler une tenue de campagne, il n'est pas serein, car tout se joue contre lui. Il n'a pas obtenu le soutien moral qu'il désirait.
 Nadia reste dans la jeep et attend de partir en trombe.

Dix minutes plus tard, il s'assoit derrière dans la Jeep. Nadia est au volant, elle maîtrise parfaitement l'engin qui crisse en sortant de l'allée du pavillon. L'homme attaché aux commandes de l'ouverture du portail est saisi d'un fort étonnement quand il voit la conductrice le saluer en accélérant sur la route cahoteuse et en projetant un nuage de poussière ocre avant de s'éloigner sans encombre. Allison en profite pour donner des ordres.

— J'ai changé le plan, je vais y aller seule, ce matin pendant que tu faisais la grasse matinée, l'agence nous a fourni cet excellent véhicule qui peut nous sortir de n'importe quel bourbier. Nadia est une experte, mais elle peut aussi avoir des soucis, car on ne connaît pas la région. Il faut éviter la mangrove et l'enlisement. OK ? Alors tu regardes où on met les roues. J'ai deux téléphones, ils sont reliés, on peut entendre la conversation de l'un et de l'autre. Si on l'ouvre, on ferme sa gueule sinon on peut être repéré. Tout est approximatif. J'ai téléphoné ce matin et j'ai raccroché. Maps pointe au bord de la mer, mais ne trouve pas le chemin. Alors c'est l'excursion aujourd'hui. Es-tu d'accord avec mon briefing ?

— Pourquoi veux-tu y aller seule ? S'il t'embarque ou s'il t'agresse, tu fais quoi ?

— C'est toi qui viens à ma rescousse. Tu saisis l'affaire ?

— Non, je me déguise en Rambo ?

— Mais non, je vais lui dire que tu es courant de ma visite, que tu niches aux alentours, car tu veux revoir Jane à tout prix et que si je ne rentre pas à la tombée de la nuit, la police est prête à intervenir. J'insiste pour que tu la revoies en ma présence et que c'est la seule condition pour que je travaille avec lui. Là, tu piges.

— Ce plan est parfait sauf que je n'ai pas le désir de revoir Jane et lui. C'est l'horreur.

— C'est la grosse excuse, mais c'est ton honneur d'homme qu'il faut défendre. On est là pour cette

raison. Que tu te défiles devant nos exigences, pour Nadia et moi, ce serait une sorte d'aveu de culpabilité. Si tu crois que ta manœuvre pour nous embobiner toutes les deux dans une espèce trigamie infernale afin de te rendre innocent, sache qu'elle est déjouée. Tu remarqueras que Nadia a vite déchanté hier, elle est prudente et moins favorable au partage de la baise qu'au début de voyage. Adepte, tu ranges ton engin, ce n'est pas fait pour les ploucs mêmes virtuoses de la quéquette. C'est un état d'esprit cohérent, de la sincérité et de l'humilité dont il faut être nanti pour construire ce genre de concept. C'est ce manque objectif qui a fait voler en éclats ton couple. L'introversion et la jalousie peuvent tout détruire !
– Aléa jacta est !

Matt s'en remet à une justice primaire. Les deux femmes sont solidaires et complémentaires. Il suppose qu'au gré des circonstances, elles ont créé leur enquête, leur tribunal et peut-être leur sanction. Muni, d'un non-lieu, il n'a rien à craindre, il s'en fout. D'aventure, il aurait préféré s'allonger sur la plage de Ramena avec les filles à ses côtés en bikini. Des bombes, typiquement autochtones, à faire sortir les yeux de leurs orbites. Revoir Éric et Jane pour leur crier son amertume, c'est un supplice inimaginable, une torture. Il n'avait jamais pensé à cet instant des retrouvailles. Il est secoué par les dérapages et les arrêts brusques effectués par Nadia qui évitent les zébus, les cyclistes et parfois des enfants trop proches de la route qui tendent leur caméléon agrippé sur une branche en implorant une aumône. Allison consulte son téléphone, ils sont à quelques lieux de l'endroit. Dans la brousse entre mangrove et herbes hautes, il est difficile de faire des repères, car les arbres masquent la profondeur du maquis. Nadia stoppe, elle adore prendre le volant et mettre les gaz. Elle est satisfaite de son parcours sur un terrain scabreux, d'avoir maîtrisé tous les risques encourus pouvant mettre un terme à cette mission. Elle se glorifie en parlant de sa dépense d'énergie et d'adrénaline.

– J'ai pris une bonne leçon de conduite, j'ai évité les marécageux, c'est le top pour moi. J'ai mis le paquet à fond les manettes.

Allison est moins élogieuse, elle s'insurge.

– Hé, ma poulette, tu n'es pas au Paris-Dakar, alors tu lèves le pied sinon, je t'enlève le joujou et Matt te remplacera.

– Sale gosse, tu as des fuites dans ta petite culotte, je croyais que tu n'avais peur de rien. Bon, il n'y a pas que de la sueur dans ta raie, hum, c'est bon, je vais ralentir, ma douce, je vais te bercer sur le sentier de l'amour. Matt peut conduire…

– Bon, on laisse la voiture ici, on la ferme, on continue à pied. On saura où l'on se trouve demain. Prenez votre sac. Tout doit être sur soi, pas dans la bagnole. On localise l'endroit, on visite puis on se casse ! Là, on est dans la zone. C'est à quelques encablures vers le sud. Regardez où vous marchez.

Matt suit, il est vigilant, il est surtout préoccupé de ce qui pourrait se passer le lendemain, il reste muet et soucieux quand Allison lève le bras. La bâtisse est devant eux avec ses grillages. On aperçoit le hall d'entrée. Des personnes vont et viennent, à l'autre extrémité, le portail, un gardien est assis sur une chaise et son chien semble renifler l'intrus. Les oreilles tendues et le museau levé, il s'agite. C'est un doberman ou un pitbull noir, mais peu familier et sûrement éduqué à l'attaque. Son maître est somnolent. Le fait que l'animal soit en train de grogner, ne l'inquiète nullement. Il lui commande de se taire. Terrés, embusqués, les trois éclaireurs de fortune sont sur le qui-vive. Matt s'est déjà reculé par peur d'être détecté. Allison prend des photos et Nadia plus audacieuse contourne l'hôtel en cherchant le meilleur accès. Mais hélas, la haute clôture même par la mer paraît infranchissable sans être vue. Elle distingue la piscine et les filles qui y gravitent. Elle est subjuguée par la sérénité des habitantes du lieu, leurs sourires et leurs magnifiques présences. Cet endroit ne représente pas un lieu de lupanar tel qu'elle le concevait, tel qu'elle pouvait l'imaginer. Cette impression de laxisme et de repos est étonnante. Elle est presque interloquée   Elle se retire, elle prend des photos, elle aussi. Matt est en retrait, il craint le pire quand le chien s'éveille en aboyant dans leur direction. Allison fait un signe de partir en montrant la séparation ancienne du bâtiment. Le gardien est prêt à intervenir. Son regard inspecte scrupuleusement les environs ; sa lampe fait des circonvolutions à travers les arbres. Le silence le rassure. Tapie dans la haute végétation, le cœur battant, Allison fait signe à Nadia de déguerpir, alors que Matt a pris ses distances. Celle-ci la rejoint.

Au retour sur la piste, Allison s'empresse de poser des questions à Nadia, pleine de spontanéité, elle avait donné une leçon de courage à ses deux compagnons..

– Nadia, je te remercie et bravo pour ta témérité, maintenant, on peut discuter.

– Dans le hall d'entrée, des gens étaient assis en buvant le coup. C'est du jus d'orange et moi j'ai soif ! Apparemment ce sont des Arabes, des Africains…
– As-tu vu Éric ?
– Je ne sais pas ! Ils ont tous la barbe, des lunettes de soleil et le turban, ce n'est pas des Français, ils sont très noirs de peau et assez âgés. On ne peut pas les reconnaître comme ça !

Matt s'informe et s'inquiète de la présence de Jane.

– As-tu aperçu une femme blanche ?
– Non, elles sont toutes de couleur, elles sont vraiment belles, très jeunes, on dirait des adolescentes. C'est drôle, elles sont de si belle humeur et elles sont si gracieuses. Moi, elles me plaisent, j'aime le teint chocolat et leurs lèvres framboise. Elles ont été choisies pour leurs mensurations et leurs longs cheveux, elles sont dignes d'être dans un catalogue de beauté féminine. J'ai des photos d'elles, mais prises à travers le grillage, c'est comme si elles étaient en prison, c'est dommage !
– Alors pas de Jane en vue ?
– Non, mais on peut tout observer sans se faire repérer quand on est près de la mer. Je peux me mettre en position demain. Je peux voir s'il y a danger pour toi et pour Matt qui attendra devant l'entrée si ce connard d'Éric veut bien. Pour moi, c'est OK. Matt fait bien attention que le chien ne te mange pas les couilles.

Allison éclate de rire. Le scénario qu'elle avait ébauché prend tournure et elle se lâche.

– Allons boire un verre sur la plage de Ramena, on mangera des langoustes et des frites, j'ai envie de frites pourvu que je ne sois pas enceinte !
Nadia rétorque en riant.

Gérard Baker .*Les sens ont de mémoire*

– Ce ne serait pas de moi, Matt doit survivre, il est le seul incriminé.

– Pas de danger, il est impuissant dans tous les domaines.

Matt ne tente pas de s'échapper à cette mauvaise constatation déplaisante et ironique en soi, il est passif, il est sans réaction. Allison ne le ménage pas. Il voit une finalité dans ce parcours contraint par des circonstances inexpugnables dont il n'a pas su maîtriser l'importance depuis le départ de Jane. Elle l'a soumis à une multitude de reproches continuels en mettant en exergues ses travers psychologiques et ses péchés véniels en le martyrisant, en l'attirant dans une spirale ayant pour centre maléfique, ses charmes et ses attributs. Matt est acculé et résigné, car tout peut basculer demain. En fait, il comprend toute la machination dont il est victime, une cabale montée par les deux filles. Malgré tout, elles n'ont jamais pu apporter des éléments justifiant ce qu'elles veulent démontrer.

Allison l'avait donc attiré dans ce guet-apens en lui offrant sa beauté et ses charmes dans le but de servir les desseins de Nadia. Il avait tardé longtemps avant de découvrir cette infortune. Il regrette d'avoir succombé à l'appel de la chair en donnant le meilleur de lui-même. En croyant que sa virilité aiguisée par des ébats fastueux, très méthodique avec Jane était une arme infaillible pour dompter Allison. Il est déchu de sa position de mâle dominant maintenant que les deux femmes suivent le parfait amour en le laissant dans le néant. Que faire pour enrailler ce glissement en pente douce allant vers une tournure compliquée et peu favorable ? Il commence à maudire Allison qui l'accable en enchaînant des entorses, des ruptures et des reculs, privilégiant un bonheur intime, érotisant les ardeurs de Nadia. Étaient-elles déjà actives et proches l'une de l'autre avant leurs départs vers Madagascar? C'est fort possible et d'avoir cru sur parole Allison, il a perdu toute chance d'être adulé par celle-ci. Il est banni par les deux filles. Fort est de constater la méprise à laquelle il fait face, mais demain est un autre jour qu'il appréhende.

Sur la plage de Ramena à l'abri des aiguillons du soleil et du fort miroitement étincelant des vaguelettes de la mer qui éblouissent la vue, tous les trois sont attablés, ils se régalent d'un plat exotique et goûteux. Nadia s'est délestée de son gilet pare-balles, elle est éblouissante, les cheveux tressés en nattes, les joues rosies et ambrées ont une douceur marine. Matt souffre de frustration devant tant de beauté naturelle et inabordable. Allison fidèle à son enthousiasmant appétit épicurien est en admiration devant les langoustes géantes grillées que la femme en lambahoany traditionnel lui présente. Elle est une fleur de jeunesse. Son maquillage *Masonjoany* est surligné de petites fleurs blanches tachetées en harmonie qui contrastent avec la couleur ébène de la peau qui semble satinée par le climat. Cet élan créatif à même le visage surprend Nadia.

– On peut regretter d'avoir la peau claire, quand on admire cette beauté noire, on ressent l'effet sur le stimulus. Cette odeur poivrée de bois de santal, qu'elle émane, malgré cette chaleur épouvantable qui vous colle aux fesses, on a envie de se laisser aller dans son mirage. Un mirage de douceurs océaniques. C'est une merveilleuse créature isolée au bout du monde!

Allison montre les dents entre deux bouchées de frites, alors qu'elle mordille avec délice dans le corps suave de la langouste tiède en se réjouissant de tant de régals, elle ne perd pas l'écoute. Elle tente de museler l'ardeur fiévreuse de son amie.

– Là, tu sombres dans le péché, le vice, la luxure, le côté interracial dans les échanges, cette démangeaison du bassin ne te quitte pas quand il s'agit d'une sublime femelle aux contours soyeux. C'est le moment de faire ripaille, mais pas de sexe sur la plage, cette femme a d'autres soucis que de s'égayer avec un mannequin albanais ! Mange, c'est super et bois ta bière. C'est bon pour hydrater les muscles fessiers.

Matt suit cette conversation sans moufter, il est ailleurs. La chair des crustacées ne l'affole pas. Instinctivement, il éprouve une sorte de lassitude. Qu'Allison soit dans une rage modérée, possessive, il s'en fout. Elle mérite que cette frivolité et ce léger abandon de la part de Nadia lui fassent du mal. Il trouve là, un contexte intéressant si les deux filles continuent de s'écharper pour de mièvres plaisanteries. Allison l'a beaucoup trop mené en bateau pour qu'il s'apitoie sur son sort lesbien. Nadia est une vraie aventureuse. Elle s'amuse aux dépens de celle qui tombe dans ses bras, avec laquelle elle peut profiter de câlins et de frissons amoureux. Matt serait ravi si elles étaient en guerre. Alors il crée, l'embrouille. Il tranche le cou d'une langouste avec ses doigts et le suce en riant. Il s'exprime par une ses blagues de basse-cour.

– Si Nadia veut se lécher les babines de mollusques malgaches, c'est son droit, d'ailleurs, il paraît que le prix de revient au kilo est insignifiant... je suis mort de rire. Je suis pour la démocratie en termes de sièges à occuper par les partis. Je comprends qu'elle puisse avoir envie de défonce quand on voit tous ses postérieurs et tous ses bustes mammaires en mouvement. C'est aguichant. Elle secrète de la progestérone et de la cyprine dans le fond de sa culotte. Un bain serait le bienvenu après cette dépense d'énergie.

Nadia pouffe de rire et Allison est statique, elle fronce les sourcils, elle boit de la bière, elle a chaud, quelques gouttes de sueur perlent sur ses tempes et ses joues. Elle mange, puis elle s'arrête, elle l'incendie de mauvaise humeur.

– Tu es mort de rire, tu ne crains pas pour ta vie ! Alors, mourir en riant, c'est plus facile, mais bon sang, quel goujat, quel con tu es ? Sûrement pas de la race respectueuse.

– Tu défends ton bout de gras et tu pourras faire un hashtag sur Twitter pour raconter des salades tant que tu veux, un non-lieu c'est non-lieu. On ne revient pas là-dessus !

– Damoclès, tu connais, ce n'est pas un hashtag. L'épée ?

Allison est livide, mais Nadia l'embrasse sur la joue.

– Alors, on veut partager une petite langouste du pays juste pour savoir quel goût elle a au plumard ou sur canapé.

– Pour l'instant elle est dans mon assiette et je n'en perds pas une miette de cette chair adorable, pourquoi toujours lié la bouffe aux fesses, ce n'est pas le même service.

Matt riposte

– Ici, c'est le parfum de l'ylang-ylang et celui de la crevette qui se côtoie, il suffit de faire tête-bêche…

– Toujours aussi stupide et caricatural.

Allison est consternée, elle ne tolère pas qu'il soit si grossier. Elle souffle son désaccord. Elle a tant espéré qu'il soit plus pondéré, plus nuancé dans ses propos qu'il soit moins tendancieux et surtout qu'il soit mis hors de cause qu'elle déborde de colère.

– Comment Jane a-t-elle pu supporter tes âneries et tes aberrations si longtemps ?

– Ce n'est nullement ton affaire. Le passé ne doit pas être mis en cause, nous avons vécu heureux, c'est notre histoire d'amour jusqu'à ce que les autres s'en mêlent. C'est trop souvent ceux qui n'ont rien à voir dedans qui regardent dans la vie d'autrui. C'est infernal. Pense que demain tu vas t'impliquer, t'infiltrer dans une chausse-trappe qui à ma connaissance est très redoutable. C'est le sujet du jour, comment en sortir sans gravité ? C'est une structure, une branche religieuse et toi, tu veux renverser cet équilibre. On est devant une invasion terroriste. Les premiers touchés ce sont des gens opposés à leur postulat. Tu es têtue, tu es un borderline !

– Le couard, le précieux, le maniériste du moment, tu as peur de savoir ce qu'est devenue Jane et peur qu'Éric en dise plus long sur ton compte. Si tu crois que l'on va baisser le bras par ce que tu invoques ce contexte ingérable sous l'emblème noir de l'islam, tu perds ton temps. Nadia est moi, on est solidaire dans la bataille.

– Faites comme vous voulez, mais vous allez au massacre et je vous aurais prévenu. Il ne s'agit pas là de se brouter la figue. Les filles, moi je suis persuadé que c'est du délire féminin.

Nadia sort de son admiration des femmes autochtones, elle réplique sévèrement, elle arrête de sucer les petits délices et ses yeux bleus sont grands ouverts.

– Pas de bagarre ! Gardez vos forces pour demain. On rentre, on achète des pastèques et des mangues sur le retour et on prend un bain dans la piscine à poil. Matt va nous montrer ses bijoux de famille.

Matt est contrit, elle lui met la pression et cela est loin de le rassurer. Nadia fait une moue très écœurante et dédaigneuse, une main passe devant sa bouche, presque fermée en forme d'une arrondie, imitant une branlette.

– Finalement je préfère la tendresse de la figue sauvage et du pitaya à la dureté de la verge pénétrante. On a tous une bouche pour parler, sucer, lécher, siffler, boire, c'est à chacun de nous de savoir s'en servir. Les femmes ont le pouvoir de refuser les intrusions malhonnêtes. Le viol commence par la bouche ! Embrassez-moi si je le désire, mais pas sur les lèvres et pas sur la joue, mais sur le plat de la main, c'est déjà beaucoup. Quand vous dansez, prenez-moi délicatement par la taille et pas par les reins ou les fesses en vous plaquant contre mes seins comme un singe amoureux... La danse des ours dans une forêt de bites dressées c'est un manque de romantisme décadent, c'est l'œuvre métallique, électrique, c'est rugueux comme si l'on se remuait dans une éplucheuse à pomme de terre. On en sort griffé de partout par des mains calleuses et malpropres. C'est l'heure où les jeunes gens proposent des roulés de stups et des doigtés dans les toilettes. On est dans la merde !

Gérard Baker .*Les sens ont de mémoire*

Matt et Allison éclatent de rire. Ils se lèvent les yeux papillotant sous un soleil de plomb, la sieste sera la meilleure détente. Nadia veut se baigner dans la piscine et au retour c'est Matt qui conduit, il est peu dynamique, mais plus sécurisant. À l'arrière Allison en profite pour plonger sa main dans le pantalon de combat de Nadia. Matt ne perd pas une miette de leur minauderie qui l'agace, il grince des dents.

– Faites ça ailleurs, pas quand je circule sur la piste du diable !

– Tu es en sursis, tu es marié, peut-être tu auras droit à ta petite pipe, si tu retrouves ta femme ?

– Sale gosse ! Allison? Tu me trompes depuis combien de temps ?

– Le Polyamour, mon brave, l'as-tu oublié ?

– Oui, c'est ça l'usure, on supprime les Rameaux et on offre les œufs de Pâques tout de suite. C'est débile, cette vitesse qu'ont les gens de notre époque pour changer de partenaire. J'estime que tout le monde a le droit d'aimer, de partager ses sentiments, mais tout se réduit à une partouze immonde et là, personne ne proteste avec des pancartes dans la rue, comme la PMA ou la PGA pour se faire rembourser par la Sécu, pour un enfant sans véritables parents. Vous pourrez manifester, vous êtes concernés !

Allison surenchérit

– Sauf si tu veux être le père, mais un père innocent et libre, il faut quelqu'un qui soit droit. Mais, droit dans le cerveau, pas dans le pantalon.

Nadia se penche sur son épaule, les soubresauts du véhicule accompagnent le mouvement discret, mais ténu de sa main. Elle ouvre grande la bouche en cherchant de l'air. Matt s'oblige à regarder le sentier, il est en état d'excitation. Il ronge son frein, car les images d'Helena cette nuit fatidique lui reviennent dans la mémoire, il évite la collision de justesse et l'accident en croisant une moto. Ces flashs le terrorisent, il se fige, alors que Nadia ahane sans complexe sous la pression furtive et experte d'Allison.

Il stoppe au bord de la route à demi asphaltée, il descend du véhicule. La tête lui tourne, il crache, il a des hoquets, des reflux gastriques. Il est contrarié par le comportement des deux femmes qui le maltraitent moralement ainsi que par le passé qui resurgit au farniente. Il est surtout rejeté, exclu des jeux coquins et vicieux entre elles. C'est abrutissant, car c'est la seule chose dont il a besoin. Elles patientent en attendant qu'il retrouve un gain de forme.

Il part pisser, caché de grands palmiers. À son retour, c'est Allison qui est au volant.

– Allez, remets-toi dans les rails ! On va faire une virée, on va te trouver une jolie pute pour finir en beauté. Allez. Hop, monte.

– Ça va, j'ai assez vu de femmes aujourd'hui. Avec cette chaleur, j'ai besoin d'une douche pour refroidir les parties génitales. C'est moite !

Matt est lessivé, il s'assoit à l'arrière et Nadia sur le siège passager. Il est couvert de transpiration. Cette incursion dans le monde d'Éric, là où Jane s'offre du bon temps et de la luxure comme elle le souhaitait, le démoralise. Il est en pleine crise de dépression, ballotté de tous les côtés alors qu'Allison se sort de tous les pièges de la circulation routière avec un talent et une adresse inouïe. Nadia la félicite et trouve le moyen de lui poser quelques bises spontanées sur les joues et une main sur l'endroit charnue de la cuisse. Allison s'émerveille et feule en surveillant la route. Matt est décontenancé par leurs attitudes provocantes. Il est bord du gouffre et de l'asphyxie, secoué, il est mal dans sa peau. Il hurle sa déconvenue, mélangée au bruit du moteur qui vrombit et mugit sous les accélérations désordonnées d'Allison.

– Arrêtez votre acharnement, allez faire vous mamours ailleurs, attendez que l'on soit rentré. C'est mettre la pagaille dans le groupe. Vous entendre râler comme des chats, ça m'énerve.

– C'est qu'il en veut le mignon ! Réponds Nadia. On est dans une zone inconfortable. Il va faire pipi sur la banquette.

Allison prévient. Elle tient le volant à deux mains en raidissant ses bras pendant une décélération amoindrissant le surrégime du moteur.

– Ce soir, je téléphone, je demande à Maki un rendez-vous le plus vite possible. Nous sommes dans un statu quo qui me dérange. Les caresses de Nadia très appréciables ne me soulagent pas de cette obsession que j'ai de savoir enfin la vérité. Mais je la remercie de tant d'affection.

Matt se cabre, il note un mensonge de sa part, jusque-là, elle n'avait pas démenti en gardant une attitude courtoise et très affectueuse avec lui.

– Tu me disais à tort, tu me jurais sur le vieux testament que ton intérêt pour les femmes était dans la limite de la grande amitié affective ! Que tu cherchais le prince charmant, s'il existait à notre époque ! Pour moi tu m'as fourvoyé, car Nadia et toi étiez de mèche avant le départ. Tu m'as caché ton identité sexuelle.

Devant cette réaction, Allison ralentit avant de s'arrêter brusquement devant le portail de la villa face au restaurant qui jouxte. Elle exprime toute sa pensée en répliquant singulièrement.

– C'est trop concis, tu me juges sur mes actes et sur ma façon de concevoir l'aventure amoureuse. Sache pour mémoire que je t'ai ouvert grand les jambes et que toi tu les as écartés méchamment. Je t'ai donné une seconde chance, tu l'as gâchée en essayant de te taper Nadia ! Elle a des préférences ! Ce n'est pas un problème clinique, on se soigne comme on peut. Ce n'est pas vicieux, je prends du plaisir ! Quand on court deux ou trois lièvres à la fois, on a le risque de n'en attraper aucun. C'est le cas, tu ne viens pas te plaindre, je suis sincère avec toi. Bon, en route on va se baigner les méninges. On a du pain sur la planche, on va en égorger plus d'un, je te le promets.

– Tu as l'âme assassine, j'ai peur que tu prennes pour une justicière trop zélée. Ce n'est pas gagné d'avance. Les djihadistes sont méfiants.

– C'est que tu manques de courage. Ta femme si elle est enrôlée, on se casse et Nadia nous protège. On a deux seringues, piqûres hypodermiques pour faire dormir un cheval. C'est simple, elle aura le téléphone avec l'écouteur et moi le mien dans mon sac. On verra le résultat.

– Elle a eu ce fusil où ?

– On se l'est procuré ce matin quand tu faisais des rêves érotiques tels que tu t'en chatouillais la banane. C'est normal, on fait des choses dans le précaire.

     Ils descendent de la jeep, Nadia court vers la piscine sans pudeur, elle jette ses vêtements sur le bord carrelé et sans hésiter, elle plonge, nue dans l'eau bleue. Elle brasse, elle se soulève pareil à un dauphin et elle s'ébroue en soulevant ses cheveux qu'elle dénoue. Matt est sous le coup de la magnifique vision aquarelle qu'elle donne en s'ébattant sous le soleil couchant orange et carmin. Des rougeurs de la peau sont visibles et contrastent avec l'ensemble de son corps de lait, c'est magique, mais dans la tête de Matt, c'est encore l'orage d'un soir et les éclairs d'images insoutenables qui lui brouillent la vue. Nadia devient Helena dans un kaléidoscope géant. Les seins, les fesses, les cuisses, les cheveux blonds, les yeux bleus apeurés, la bouche qui râle et les jambes qui gesticulent se projettent devant lui, alors qu'il est ébloui par ses rayons du soleil qui n'en finissent pas de l'aveugler. Il met ses mains sur son visage pour éteindre cet onirisme déplaisant. Il est sur le point de hurler quand par derrière Allison étrangère à son état de confusion psychédélique, le pousse dans l'eau et l'oblige à un plongeon catastrophique. Il boit la tasse et s'étrangle pendant qu'elle se dénude complètement pour se diriger vers le bord pour nager vers lui. Il la perd de vue un instant. Il a le réflexe de se retourner pour éviter une nouvelle attaque dont elle est en mesure de lui infliger. Elle s'amuse avec lui, mais Matt est hors du jeu, il est encore sous le coup d'apparitions fantomatiques. Il craint le pire, il se débat, Allison est toutefois majestueuse dans ses mouvements et sa silhouette aquatique est très récréative, son enveloppe corporelle est gracile et attractive. Elle sautille comme une carpe et ses seins dessinent des superbes auréoles mordorées sur le plan de l'eau. C'est un ébat merveilleux, elle l'embrasse. Matt est abasourdi, il voit Nadia qui le fixe d'un regard très appuyé, elle est pensive. Il attend qu'elle baisse les yeux, mais elle s'approche de lui comme le ferait le crocodile vers sa proie, sans bruit, calme, sans aucun remous sans aucun balayage des bras. Matt recule, il trouve cette situation, cette étrave silencieuse très bizarre, très insolite. Il est pris dans une sorte de panique, il n'a qu'un désir et un besoin, c'est de sortir du bassin. Le visage de Nadia est rempli de reproches, il est acculé au mur, elle stoppe à quelques dizaines centimètres de lui, elle a les yeux injectés de sang, il peut y lire toute sa colère, sa haine. Elle reste plantée devant lui sans lâcher le moindre mot, après un long moment, qui s'apparente à une éternité pour Matt, elle l'avertit.

– Matt, regarde-moi tout entier. Tu vois un joli corps, c'est un beau corps de femme, c'est le corps du délit. Ma sœur Helena, c'est le même sang, la même chair, c'est le même sein qui nous a allaités, le même ovaire qui nous a donné la vie. Quelqu'un l'a assassiné ! Quelqu'un la mise au fond de l'eau pour la faire disparaître à jamais ! Tu sais pourquoi. Parce qu'elle avait un beau corps, des jolies jambes et une belle frimousse sauvage. Elle était pure, mais étrangère, elle était une enfant à l'esprit vif, elle était la vie, mais une émigrante dans le pays, alors c'était une fille facile pour certains minables… comme cet abruti d'Éric

Allison suit du regard les deux nageurs, elle présume qu'il y a une explication en les voyant face à face. Elle s'éloigne, elle ne veut pas interrompre le duo et leur dilemme, cette phase de concertation est critique, c'est une évolution psychologique faisant penser à une trajectoire irréversible dont Nadia a fomenté la ligne finale et peut-être le processus terminal. Matt semble terrorisé par les paroles de Nadia qui semble l'exposer à ses dires ou ses reproches. Allison ne connaît pas les intentions de son amie, mais la préméditation est en cours quoiqu'il arrive, cette dernière est revancharde et rancunière, il serait bon d'être très prudente demain. Elle se retire du bassin, elle soulève sa chevelure qui dissimule pudiquement sa poitrine tendue en s'assoyant sur une chaise longue en toile. Elle s'étend en profitant des derniers rayons du soleil. Et en quelques secondes Nadia la rejoint en laissant Matt dans des pensées effarantes. Elle se blottit contre Allison en prenant un transat, elle l'effleure de la main humide sur le ventre avant de s'allonger. Surprise par le contact frais, Allison a un sursaut, elle se redresse en lui appliquant quelques chatouillis très audacieux et entreprenants. Nadia s'en amuse comme une petite fille épanouie aux premiers attouchements de la fièvre intime. Elles en profitent pour s'égarer un peu en se délectant de leurs zones érogènes sans arrière-pensée. Allison est débordée par les bisous dans la nuque et dans le cou, alors qu'elle ressent une sensation très fautive. Effectivement, Matt est au bord d'une nouvelle crise de dépossession et de privation. Ce n'est pas ce genre d'exhibition de plein air dont elle raffole, mais Nadia l'emporte loin. C'est délicieux dans le cadre tropical et paradisiaque de la villa alors que l'ombre des palmiers vient les rafraîchir en se mêlant à leurs ébats dérivatifs. Matt n'accepte pas le paradoxe dont il est victime certes, innocent entre les deux filles, mais il aimerait partager cette envolée. Il devient hargneux et il s'énerve. Il se place en face d'elles, accoudé au bord de la piscine. Il observe leurs jeux sans en perdre une goutte. Puis, il siffle vivement entre ses doigts.

– Allison, toi la prude, celle qui m'a donné des leçons d'éducation dans le comportement amoureux, on dirait que tu vires ta cuti. Je pense que le noviciat dans l'art de faire l'amour à une femme est devenu une priorité…

Allison reste sans mot dire, elle le fixe, elle réfléchit un instant en se demandant s'il fallait qu'elle lui réponde ou qu'elle continue à se réjouir des caresses insidieuses de Nadia qui n'a pas relâché son étreinte, excluant toutes les contraintes extérieures qui pourraient stopper son envolée. Elle le tance.

– Fous-nous donc la paix, remplis-toi les yeux ou va boire un verre d'alcool, mais laisse faire la nature !

Matt secoue la tête, elles sont si jolies qu'il subit une sorte de déflagration dans le cerveau puis après un instant de réflexion, il tape du poing sur bord de la piscine à s'en faire une blessure.

– Deux belles chiennes oui, des truies !

– Des insultes ?

Fatales

Allison téléphone le soir. Elle a de la chance, Éric est là, mais il est encore dans la prière. Elle doit patienter et rappeler. Nadia est toujours à ses côtés, elle soupire assouvie, comblée de la source infinie d'un triangle des Bermudes reposé et exposé au dernier et tardif ensoleillement. Matt a laissé pendant une durée indéterminée flotter son regard envieux sur les corps lascifs de ses deux compagnes redoutables qui s'en donnaient à cœur joie, en espérant être l'invité à leurs folâtres ébats. L'âme pitoyable, il a abandonné crachant toute son animosité.

– Vous n'avez pas tout appris. Sodome et Gomorrhe pourraient vous infliger la pire des punitions pour actes immoraux. C'est un principe, car votre exhibition est théâtrale et amère. Vous cherchez à m'humilier, à m'accabler, c'est certain. Le sophisme n'a pas sa place ici. On verra qui aura le dernier mot…

Allison se sent un peu épinglée, à ce jeu, elle n'est pas sûre d'être gagnante, elle essaie de raisonner, mais la pression subjective que Nadia exerce sur elle est forte, elle la magnétise, elle se relâche oubliant toute discrétion, toute réserve. Elle s'envole dans les airs du plaisir coquin, drogué par l'effet sensoriel que lui procure l'habile et talentueuse compagne. Sa présence et le contact de l'œuvre satinée de son corps affole Allison qui perd tous ses moyens défensifs. Emprisonnée dans sa béatitude, elle se livre, tout entière, telle une poupée fragile, aux jeux et aux caresses intenses de sa partenaire. Elle se pâme avec attendrissement, elle embrasse Nadia, elle crie sa jouissance, elle couine, elle ouvre la porte secrète du désir pendant que l'Albanaise la submerge de baisers sur le lobe frissonnant des seins en descendant le long des hanches et sans mollir dans son élan, elle la butine avec sa langue affilée, si douce qu'Allison resserre les jambes sous son incursion délicate. Elle déloge le petit bouton nacré en le suçant, sa tête se libère sous son impulsion à mesure que la montée du plaisir est à son apogée et qu'Allison distille des petits cris stridents semblables à une petite souris qui chicote, prise dans un piège. Une main s'agrippe à son épaule et l'autre se mêle en pesant dans l'abondante chevelure blonde au rythme de la respiration haletante de sa partenaire endiablée et vertigineuse dans l'œuvre de chair. Nadia, domine. Soumise, Allison est contrainte d'admettre que le plaisir au féminin est infiniment plus raffiné, mais qu'a priori, le manque d'entrave et de pénétration avec la puissance du muscle et la raideur est une disgrâce dans l'éruption des sens. Elle constate que son idéal identitaire prend une forme dans son esprit, que son anatomie, sa plastique, son humeur, son intégrité, sa moralité peut s'accoupler dans l'espace paritaire sans aucun scrupule. Pour peu qu'elle remercie Nadia, celle-ci serait déjà entre ses jambes en train d'applaudir à sa manière, le nez dans sa vulve pour le bienfait qu'elle lui apporte en tendres émois.

C'est dans ce contexte très pernicieux, éthéré, immatériel qu'Allison, alors que Matt lorgne de loin le couple avec une sale envie de les insulter, décroche une seconde fois son téléphone pour appeler. Matt tend l'oreille en oubliant son désarroi et sa rancœur. Il n'est pas cité dans le dialogue qu'elle entretient, le haut-parleur est ouvert et on peut entendre la conversation qui semble tourner autour d'un travail de laboratoire.

– Bonjour, je suis Allison, tu te souviens de moi, je suis de passage dans l'île pendant quelques jours, je visite pour me faire une idée de ce qui pourrait m'attendre. Le climat…

– Oui, je vois, la belle, on ne nous dérange pas pendant la prière. Sur ce sujet il faudra prendre note des horaires consacrés. Je suis très exigeant dans le domaine de la foi. J'ai appris ta présence dans la zone, c'est localisé, c'est quadrillé, on peut se voir pour un recrutement dans la soirée demain ou demain matin après la prière.

– Je suis pour la préférence de ce soir, car le séjour est court dans la durée… je ne connais pas l'adresse où je dois te joindre.

– C'est facile, une voiture t'attendra au premier carrefour à la sortie de la ville en face de la montagne ronde. Deux personnes portant le taqiya blanc seront là pour te conduire dans notre maison des serviteurs de Dieu. Il est recommandé de mettre des vêtements sobres et un cache pour les cheveux pour éviter le regard envieux. Je connais la façon d'agir des femmes occidentales, c'est pour le respect.

– C'est loin de la ville ?

– Tous les chemins vont vers la lumière.

– Ta proposition tient toujours ?

– Elle le sera dans des conditions à partager. Ha… aussi, surtout tu viens seule, c'est impératif, si tu es accompagnée, cette personne n'aura pas accès à l'entretien.

– Il est possible que je ne sois pas seule, mais elle suivra les directives sans problème. Je peux l'assurer.

– Tu auras tout le temps de décision, qu'il appartient à chaque humain de choisir son futur et qu'Allah te protège jusqu'à notre rencontre qui doit porter ses fruits en abondance. Nous pouvons signer un accord tacite. Tu n'es pas l'unique femme à te tourner vers notre idéal, c'est la vérité du monde qui est à reconstruire dans l'amour du prochain. Les indigènes trouveront la foi, c'est la prophétie. C'est un testament universel.

– Je suis persuadé que nous aurons en toute franchise la possibilité d'accéder à la vérité.

– C'est ton destin de collaborer ! Inch Allah !

Allison sourit et elle tape dans les mains quand elle coupe la discussion. Elle a ce rendez-vous qui marque une autre étape dans l'objectif de faire tomber le maître des lieux.

– Bien voilà, on va y aller. Nadia suivra et Matt attendra devant la porte pour savoir si ce monsieur veut bien lui ouvrir. Aucun ratage n'est permis… il dit, Inch Allah. Je veux bien le croire. Il essaie d'injecter de l'endorphine contre les douleurs de l'âme. J'en suis à me demander, comment peut-on modifier son mode de vie en s'adulant par une croyance ? Cette forme de conversion existentielle ne peut naître que lors d'un traumatisme psychique. Retrouver la paix en se sacrifiant ou au contraire en détruisant toutes logiques fondamentales telles que le fidéisme aveugle d'une doctrine, c'est toujours trouble.

Matt s'enquiert d'une question

– Où as-tu appris tous ses termes philosophiques ?

– Dans les livres, du temps où je cherchais une orientation professionnelle. L'érudition est une part de satisfaction que je tire de cette existence qui parfois me semble absurde et sans attrait. Apprendre c'est résoudre notre difficulté à répondre à tout un questionnement, c'est se motiver au quotidien et atteindre un certain personnalisme, une identité suprême sans se prendre pour un roi ou une reine. Matt, on est sur le seuil de comprendre toutes les théories freudiennes, qu'elles soient vraies ou mensongères, la psychologie est en déclin, on peut encore isoler tout ce tas de conneries psychologiques sans se corrompre, mais ce qui prend le pas, c'est l'individualisme. Si l'état n'utilise pas ses armes, la police, la défense, la justice pour lutter contre la féodalité, qui le fera ?

Matt écoute Allison moraliser en toute quiétude sa philosophie attachée au droit régalien qu'elle oppose à la lourdeur administrative ou à la procrastination abusive des parquets en référé. Il a compris parfaitement son allusion, il tente de la détourner du but qu'elle souhaite atteindre. De son avis, les attouchements dont elle fut victime dans sa jeunesse, étaient peut-être désirés et consentis. Il banalise.

– Il n'y aura plus de place dans nos prisons si on enferme les jeunes qui fricotent et sont victimes d'accidents pubères. On sait tous que l'hymen est fragile. Dans certains pays on fait tout un fromage pour cette perte, d'autres ont recours à l'hyménoplastie. Cette chirurgie de faussaire est bien rémunérée, elle sauve l'honneur de femmes qui n'en ont pas ; le guignol qui tâte le terrain est trompé. C'est la chirurgie culturelle liée à la notion de virginité, c'est un bien qu'on peut mettre en avant, une dot inestimable dans ces pays.

– Matt, toi, tu parles de ce viol comme d'une histoire banale, c'est un peu réducteur, ton propos est diffamant. Cette fine membrane, quand elle a résisté

au temps, aux écartements brutaux et au sport est une propriété intime que l'on garde comme une part de son identité. C'est un bulletin de naissance apposé dans la chair. Avec l'âge, c'est une forme d'honneur, de ne pas » être la salope du quartier. Cette perte m'a mise dans une rage folle. Tous pouvaient considérer que j'étais une petite dévergondée s'il ébruitait son forfait. C'est ce qu'il a fait sans scrupule. Les mœurs ont changé rapidement avant que je sois une des risées de l'école   Je m'étais promis de choisir l'homme qui pourrait l'entraver avec cet écoulement sanguin qui l'accompagne et le plaisir qui suit. Ce qui est arrivé c'est un forçage manuel sous la contrainte, alors que j'étais absente de lucidité. J'ai mis des mois pour sortir de ce cauchemar. On ne s'en remet pas sans larmes. J'ai évité tous les garçons, surtout Éric qui ne se souvient plus de moi maintenant, c'est grave !   On n'est pas dans les pays que tu cites, je regrette, je suis encore vieux jeu, ma conception de l'amour est respectable, l'échange de sentiments c'est volontiers, mais je n'y crois pas, car c'est l'usure qui tue ces amalgames. On bâtit du précaire avec des petits mamours sans lendemain, mais c'est le sexe qui remporte la palme et le nombre des divorces bat des records. Il n'y a pas de quoi s'enthousiasmer pour cette pratique. Le libertinage communautaire est un débat social qui mène à la voie de la perdition. Quand l'un des partenaires a un coup de mou, c'est l'abandon. Je suis désolé, mais mon dépucelage est une agression.
– Si tu as l'esprit si vengeur, qu'attends-tu demain pour te faire justice ? Qu'il te demande le pardon, la miséricorde divine, alors qu'il est capable d'être en fureur, d'être violent avec toi ?

Gérard Baker .*Les sens ont de mémoire*

– Non, mais j'ai mon idée pour le confondre et le punir, car il ne va jamais admettre qu'il a fauté avec plusieurs filles en les traumatisant. J'ai recueilli une liste qui prouve qu'il agissait toujours de la même façon. Ces filles se sont mariées et ont des enfants, la plupart étaient très fragiles psychologiquement, des filles banlieusardes de parents peu argentés et quand on te met une liasse de billets sous le nez et un peu de beuh, c'est attirant. D'autres étaient curieuses comme moi je l'étais. Il se donnait la mine du timide, mais il savait choisir ses victimes. En fait, il fuyait une sorte de malédiction. Les psychopathes sont souvent en dehors de la société et refusent de s'y conformer. Tu vois, c'est à moi de lui ouvrir les tripes.
– Tu es folle ! Il ne voudra pas recoudre ce que tu as perdu d'un coup de dé.

   Nadia se blottit dans ses bras, elle a un sourire très sarcastique et le regard mauvais. Elle s'attendrit, puis elle réagit.
– On va lui couper, il ne pourra plus rien faire de mal.
– Lui couper quoi ? La queue ?
Allison est pliée en deux, elle rit, elle rétorque.
– Il le mérite, mais un eunuque c'est trop gentil. Je ne me vois pas triomphale, avec la bite tranchée du gars dans la main, le bras en l'air, criant : je l'ai eu ! On va lui arracher les yeux.
– Il y a une distance entre le désir de faire et celui d'entreprendre. L'hôtel est occupé et gardé par des gardiens et peut-être par des soldats islamiques armés.
– On le sait. Quand on se présente sans allure guerrière, on ne met pas le feu. Ton rôle c'est d'attendre que je t'appelle, si ce n'est pas demain, ce sera le jour suivant. Je ne te répète pas. OK ?

Matt est soucieux.

– Jane est le joker. Pour ou contre nous, c'est l'énigme. D'instinct, elle est entre ses mains et je ne crois pas qu'elle ait appris ce que vous cherchez. Sous la torture, Éric peut tenir longtemps et je ne vois pas sincèrement ce que nous allons obtenir comme affirmation.

Les deux femmes sont entrelacées et Matt est résigné, l'ombre géante du crépuscule inonde la piscine, tous les trois sont silencieux. Allison s'est recouverte d'une serviette de bain, elle est pensive, mais pas atteinte au moral, elle pousse la chansonnette de Pierre Perret « *Les jolies colonies de vacances...* » Matt perd contenance, il est en panne de libido, il est fumasse. Il pensait, encore hier, partager les charmes des deux filles, mais il est isolé, il crie son désappointement.

– Vous vous foutez de moi, vous me faites monter la chaleur, allez faire vos saloperies de gouine de comptoir ailleurs que devant moi, c'est rageant ! J'ai droit à un peu de gratitude même si, si j'ai un peu forcé la porte de Nadia, je suis désolé, mais elle n'a subi aucun dommage corporel. J'ai essuyé un refus. C'est humain. Je comprends... elle lèche la colle du dos des timbres et moi je l'ignorais. Elle pisse debout.

Ses expressions ne passent pas. Allison retire la serviette de bain et se dresse contre lui en lâchant Nadia. Cette attaque verbale, elle ne supporte pas, elle lui donne une nouvelle explication.

– Regarde de plus près le timbre que tu vois avec son effigie vulvaire, c'est ce que je t'ai offert pour que tu t'envoies en l'air. Tu en as profité. Cesse de critiquer le comportement des autres et va te branler. Moi, je découvre, j'assume, je me libère de préjugés, des idées reçues, je m'en tape le coquillard, si on me suce le coquillage. Je fais ma route et je m'émancipe sur le tard ! Ma mère doit être au chagrin dans sa tombe, mais il faut se rendre à l'évidence de la révolution féminine. Cinq mille ans de sévices sur les femmes, c'est trop, la politique du sexe au masculin s'écroule.

Nadia hoche de la tête, elle est nue, les jambes légèrement décroisées en laissant apparaître la mince toison de poil pubien. Elle tient Allison par la main pour l'empêcher de se jeter sur Matt qui pendant toute sa réprimande reste sur ses gardes.

– C'est drôle, vous êtes attaché à cette partie intime, vous, les hommes, à la vue de cette protubérance du méat vulvaire, cette structure anatomique peut vous mettre dans un état second à vous faire monter le sang jusqu'aux extrémités nerveuses et vous rendre parfois fou à lier...

– C'est naturel, c'est ainsi que l'homme réagit. Tu connais des hommes qui restent inactifs. Dans tous les cas, les femmes, vous ne faites pas dans le maigre, c'est aussi hard, j'en suis sûr. C'est le coït linguiste et labiale.

– D'accord, mais il faut y ajouter de la tendresse. Qui peut connaître mieux une femme qu'une autre femme, le ressenti ? Le viol et le forçage entre elles sont minimes, elles ne se battent pas comme des grues, mais je ne veux pas tomber dans un débat sociodémographique qui ne servirait nullement à m'expliquer sur la carte du tendre. C'est mon corps et la joie de connaître autre chose.

– Vous avez tout loisir de vous peloter, mais demain deux femmes et un homme ne suffisent pas pour intimider ces lascars. Deux coquettes n'ont aucune chance. Moi, je veux savoir si cet engagement est payant, maintenant que je suis délaissé, car je n'ai pas la volonté de servir d'appât. Je ne suis pas obligé de suivre, je peux me retirer de l'affaire, c'est légitime, car j'estime être trompé. La garantie d'un échangisme tombe à l'eau. Nadia a rompu le lien en nous, elle n'a rien de ce que tu m'as décrit, elle se comporte égoïstement…

Il s'adresse à elle en lui faisant remarquer qu'Allison lui prêtait toutes les qualités et hélas, elle est ingrate, sans cœur et dévorante, passionnelle, elle ne se soucie pas de lui.

– Nadia, depuis que tu es entre nous, c'est la catastrophe et notre humeur a changé. Allison s'éloigne, toi tu es agressive, c'est révoltant. Je ne sais pas ce que je fais avec vous deux. Je ne veux pas me quereller, votre cynisme m'exaspère.

Les tentatives ouvertes pour qu'elle cède à ses avances, elle les aborde de la façon la plus loyale qu'il faut, afin qu'il se taise définitivement.

– Nous n'avons pas les mêmes valeurs mon cher Matt. Je suis Albanaise et je suis vierge comme l'était ma sœur aînée. Mais attention, je suis *vierge sous serment*. Tu ne connais pas cette tradition, j'en suis certaine, c'est l'inverse du *polyamour* où l'on se démultiplie.

– Tu n'as jamais eu d'homme dans ta vie ?

– Si bien sûr, mais il y a beaucoup de femmes qui ont pu m'approcher. J'ai fait vœu de chasteté depuis très jeune. Je peux m'habiller en homme, boire de l'alcool, faire du sport, sortir et voter. Cette tradition est très implantée chez mes parents et familles dont le lignage est institué. Donc je suis pucelle. Ma sœur Helena l'était aussi, c'est ce qui appelle à une sentence irrévocable pour son assassin...

Elle soutient le regard de Matt qui essaie de la braver en rétorquant de la manière la plus mièvre et dont il ne s'en repartit jamais,

– Les pauvres gars, ils ont tiré la langue en toute mauvaise foi. Je suis triste pour eux ! Quel gâchis ! Sucer une superbe bombe glacée à la crème albanaise, ce n'est pas gagner mais alléchant. La branleuse avec son cache-sexe en zinc est armée ! Elle peut vous émasculer, vous, les ogres de l'amour. Mettez vos mains dans vos poches, sinon c'est la fin de l'érection. Elle réagit.

– Tu es irrespectueux et en plus tu perds une chance d'être assouvi, c'est regrettable pour toi. Tu es dans le collimateur de la justice qui est la mienne... Apprends que je peux avoir des rapports anaux, et que je suis soumise, que des hommes valeureux ont eu cette chance, mais toi tu cases tout dans un même modèle et dans un même tiroir. Ce manque de discernement est déplorable. Oui, je suis armée contre toutes les offensives malsaines.

Matt se trouve crétin. Il n'a aucune réponse. Il a encore raté son intervention. Nadia embrasse Allison, elle est lascive dans la pénombre du soir, elle le nargue, elle s'étire en caressant Allison qui n'a pas la force de refuser son corps qui se déroule comme une anguille. Matt quitte la place en bougonnant. Il est terrassé : une vierge des Balkans le met à rude épreuve et l'envie de l'éliminer lui vient à l'esprit. Il chasse cette idée de sa tête, il doit d'abord contrôler tous agissements trop observables qui pourraient l'induire en erreur. Ce qui l'embarrasse c'est que cette fille s'octroie les faveurs de son ex-maîtresse, elle le fait échouer dans sa manœuvre d'être innocenté et d'avoir une relation stable avec Allison. C'est clair, il doit retrouver Jane et inculper Éric pour sortir de cet imbroglio. Il se prépare pour aller au restaurant. Il enfile un pantalon et une chemise très cintrée et bariolée, il chausse ses mules et puis il se dirige vers la chambre d'Allison. Il a besoin d'une explication. Cette liaison avec Nadia sans qu'il y soit invité le rend furibond. Il cogne à la porte.

– Allison, ouvre !

– Je suis à poil et je vais me doucher… attends si tu veux, mais on se voit au resto.

– Je t'ai déjà vu le cul à l'air, alors, ouvre !

– Non, je ne peux pas.

– Tu es avec la vierge des Balkans ?

– Non, c'est autre chose, je n'ai pas envie que tu me sautes dessus… Tu es à cran, passes tes nerfs au bar du resto.

– Pourquoi, tu m'as amené ici, si c'est pour te taper un hermaphrodite. Je suis déçu. Tu vas faire quoi avec ton androgyne ?

– Oublies-tu que tu es marié et que ta femme attend ta délivrance ?

– Ce n'est pas une excuse pour me mettre devant la porte. Allez, ouvre, bordel !

– Une minute s'il te plaît !

Quand Allison ouvre et décroche la sécurité, il est médusé par son apparition, elle est rayonnante, le bronzage est léger, très harmonieux, ses minces ridules sur le visage lui donnent, l'aspect étrange d'une actrice du cinéma américain en pleine maturité. Elle prend soin de relever sa chevelure, c'est un geste familier, machinal qui rehausse sa personnalité et son éclat. Elle l'écarte de son chemin en s'assurant de son élégance auprès de lui. Il est ébloui par tant de charme et de coquetterie. La jupe fendue noire laisse deviner le haut de la jambe et le maintien du corsage est sobre, mais soutenu par une poitrine haute et ferme.

– Alors, tu vois, je suis à poil dessous, mais on peut supposer qu'il n'en est rien. Voilà la tenue que je vais mettre sous les yeux de ton compère Éric et avec ce genre d'affriolant parfum, il va perdre une part de son autorité, cette ordure. Quand penses-tu, toi qui le connais depuis ta tendre enfance ?

– Ce devrait être moi que tu pourrais exciter, mais c'est moi qui dois décider comment tu vas te présenter demain, quel monde, je vis... alors que tu devrais me faire exploser dans tes reins. Quelle ironie ! Je n'aurais pas dû te suivre. C'est drôle, j'ai l'impression de prendre des caillasses par un duo de femme à l'esprit vengeur.

– Et alors ? C'est pour attirer les racailles que l'on se travestit en montrant un bout de peau, un regard sans équivoque qui laisse penser que la suite est facile.

– Oublie, ce qui n'est pas de ton ressort, c'est Nadia qui t'en ensorcelle, elle te condamne au pire, c'est elle, la guerrière et pas toi !

– Ce qui me blesse, c'est cette ignorance, cette incongruité, cette énorme farce voulue par le système et par les régimes qui ne donne aucun droit aux victimes de viol. C'est peu en action juridique. Quoi qu'il arrive, je serais toujours du côté de la liberté et je m'opposerais toujours du coté de celui qui l'enfreint. Si j'ai envie de faire l'amour avec toi, je le fais, mais pas sous l'influence d'un chantage odieux.

Matt pose sa main droite sur son épaule légèrement dénudée en l'acculant au coin de la porte.

– On a encore de beaux jours devant nous, et c'est le moment de profiter de notre joyeuse bordée, je t'accompagne pour aller dîner, tu te rappelles nos repas savoureux et amoureux ?

– Je me souviens surtout de ta surprenante et brutale pénétration, que je considère comme étant une sorte d'agression, si toutefois j'ai tenté le diable que tu es. Cette molestation reste gravée dans mon esprit, elle resurgit malgré le pardon que les femmes ont parfois le tort d'accorder et je m'y résous en espérant que cela ne va pas se renouveler. Tu as eu ta chance et tu t'es bien comporté, Dieu, merci ! Là, je suis devant toi, sans slip et sans soutif, mais je n'ai pas peur, tu es trop en alerte pour t'amuser à ce jeu. Enlève ta main, elle transpire.

– OK, allons manger Allison, tu sais que j'ai toujours envie de toi.

– Bois un punch, ça va te calmer ! Nadia n'a rien cassé entre nous…

****

Allison est félicitée par Nadia quand, elle se pointe dans le restaurant. Cette dernière est attablée. C'est le contraste entre les deux comparses. Nadia a troqué son bikini, elle a revêtu une tenue purement masculine, un jeans moulant et chemisette blanche floquée l'effigie de son club de tir. Elle est toute souriante, alors que Matt toujours en recherche d'affection de l'une ou de l'autre s'assoit au côté de l'Albanaise. Celle-ci lui montre un visage désenchanté, puis elle se fait une raison de sa présence.

– Tu es divinement belle, il va tomber de son trône, l'islamique, il va être obligé de se battre contre ses angoisses, ses tourments en criant que son Dieu est sévère avec lui. C'est irréprochable, il ne peut pas dire que tu offenses sa profession de foi. Il va avoir des soubresauts érectiles sous sa robe de bure. Matt se moque ouvertement,

– Il ne faut pas le confondre avec un moine, lui, c'est la djellaba qu'il porte ou un treillis de combat. On est en loin de la guerre des Croisés. Il faut revoir l'histoire et la géographie…

 Allison la défend en appelant le serveur.

– Deux jus d'ananas et un double punch bien tassé pour le monsieur s'il vous plaît. Il aime le piquant et le rhum sans glaçons…

– Tu veux m'assommer, tu es dingue…

– Le rhum c'est la boisson des condamnés, tu le sais. Alors, ne t'embarque pas dans une série d'inepties de ton répertoire pour dénaturer les autres. Nadia peut commettre des erreurs de langage, elle n'est pas pharmacienne, mais son QI vaut le tien. Alors, sois sage avec elle !

Matt est peu soucieux de ses objections, il continue à étaler des propos dénigrants en parlant fort, il avale une grande gorgée du grand verre de punch posé devant lui, il persifle.

– Pas de décolleté, mais le cul à l'air… n'est-ce pas gênant sur le siège ? Tu fais ventouse et tu fais la belle. Je n'ai rien fait pour que tu m'abaisses de cette façon. Les nanas, vous voulez vous transformer en héroïnes, mais on n'est pas dans les romans, dans les dessins animés, dans les mangas où tout le monde se bouffe le cul et les mamelles où ce sont toujours les mêmes qui en sortent les vainqueurs. Là, c'est Allah Akbar, ce n'est pas l'univers de l'impitoyable de Dragon Ball. Allez ,vous faire pendre ailleurs, mais vous avez besoin de moi. Alors, on me laisse tranquille et je vous fous la paix.

– J'ai un peu d'estime pour toi, mais tes attaques en dessous de la ceinture c'est déprimant. C'est vrai que tu es un peu abstinent et que l'on peut craindre le pire, mais tu fais tout pour te rendre désagréable. Que tu saches que je suis dévoilée sous ma jupe, cela te met dans l'état d'un chien en chasse. Heureusement que tout ce petit monde qui se restaure ici, n'est pas au courant, car des regards vicieux me plomberaient pour découvrir mon intimité secrète. Finalement le climat aide à supporter cette fantaisie très légère et polissonne. Je n'osais pas avant, il paraît que c'est tendance.   Nadia ne doit pas subir tes reproches, car elle fait souvent la même chose, me dit-elle.

– Tu es une allumeuse, la prude devenue salope !

– Il appartient à chacun de savoir ce qu'il veut faire de son corps. Matt, prends-toi en main en dessous du nombril !

La gaffe

La dispute s'était prolongée jusque tard dans la soirée sans que quelque chose de sérieux aboutisse. Ce matin, tous semblent revenir à de meilleurs sentiments. Chacun étant épuisé du voyage et du périple en milieu hostile, s'était endormi dans sa chambre respective. Les crises de jalousie vexatoires et attentatoires se sont estompées pendant un sommeil réparateur. Nadia est levée de bonne heure, elle est partie dans la nature pour s'exercer au tir avec un sac rempli de canettes et de boîtes de bière.

Matt a mal dormi, la bouche pâteuse du a l'absorption d'alcool, il sieste paresseusement sur un transat en sirotant un café quand l'Allison le rejoint et s'allonge près de lui avec une tasse à la main. Elle n'y va pas par quatre chemins, elle montre sa volonté de femme.

– Nous sommes collègues, amis, amants depuis longtemps et depuis peu. Je suis sérieuse quand je te dis que cette journée pourrait marquer la fin de toute liaison ou alors remettre les gaz si nous trouvons une nouvelle manière de concevoir l'existence. Ma chatte qui te donne tant de soucis est toujours libre. Nadia ne peut être qu'un passe-temps, ne pas mourir sans avoir tout essayé est ma devise, avant tout je dois m'assurer que je ne me trompe pas d'étage dans la fusée qui nous emporte dans le vide spatial. Mes sentiments pour toi ne changent pas, mais c'est l'aventure que nous vivons qui les modifie. Ma seule erreur c'est d'avoir sniffé, c'est la seule fois, on peut le regretter toute sa vie. Toi, tu détiens une part de vérité sur cet individu. Alors, c'est à toi à jouer !Matt est assoupi, les yeux mi-clos. Il écoute Allison qui est déjà sur le pied de guerre. Elle lui offre une scène photogénique de premier plan. Il entrevoit dans l'ombre de ses lunettes de soleil, ses longues jambes finement musclées et fuselées qui ont pris de la couleur. Il suit d'un œil discret leurs lignes parfaites qui mènent sous l'étoffe rose de sa sortie de bain. L'éveil du jouisseur se fait ressentir dans son short qui se gonfle de son émoi. Il devient agité quand il aperçoit le lobe de son sein droit et le téton brun qui pointe dans l'ouverture de la brassière ouateuse de son décolleté, une main décontractée aux ongles longs et vernis est posée sur l'autre sein comme si elle voulait le faire jaillir hors de sa parure éphémère de tissu. L'autre main enserre de deux doigts la tasse de café. Elle lampe comme un chat le breuvage trop chaud entre deux prises de paroles d'une voix délicate. Elle le rassérène, le convie à plus de tempérance, elle lui explique que cette frugalité n'est que temporaire, elle compatit à son infortune, elle est parfois très incisive taillée, aiguisée dans la pierre. Elle est pleine d'étincelles quand on la frotte trop fort et trop près. Son cœur est encore trop serré pour tout donner sans condition.

– Hier, la nuit tombée, de la fenêtre de ma chambre, on pouvait distinguer la Voie lactée qui dans cet endroit ressemble plutôt à une voûte céleste ou les constellations nous entourent de leur silence et de leurs lumières féeriques. J'ai réfléchi à ce monde mesquin et avide actuel qui n'est pas plus beau et pas plus méchant qu'auparavant. C'est la suite de notre attitude envers la nature qui est en danger, nous sommes responsables. Elle se venge, c'est idiot, je pense que nous sommes pareils !

C'est la source de tous nos ennuis… il faut prendre du bon temps…

Il s'incline vers elle et soulève le pan de sa sortie de bain en la tirant vers lui avec la ceinture de tissu, il l'embrasse. Elle renverse le reste de café, elle s'agrippe au transat. Elle le rejette du coude, elle se retrouve presque dénudée, alors qu'une main l'empêche de se relever et que l'autre s'emprisonne en se glissant entre ses cuisses qu'elle referme fortement. Bloqué, il lâche son étreinte. Ces quelques secondes d'affolement, elle n'apprécie pas, elle s'exclame en se redressant et en se recouvrant, l'air agacé.

– Il faut que tu contrôles tes ardeurs. On peut te parler gentiment, tu es un incorrigible vicelard, tu vas tout droit dans la région pelvienne, mais tu es en péril, regardes qui est derrière toi.

Nadia est debout. Elle tient son arme le long de sa hanche avec une nonchalance qui exprime l'envie de s'en servir s'il poursuit sa séduction primaire.

– Au Kosovo, tu aurais déjà pris une balle dans le cou,

– Je m'en fous du Kosovo, j'ai encore le droit français pour moi. On n'abat pas un citoyen de mon pays de sang-froid pour des problèmes religieux et pour des territoires convoités qui remontent à l'histoire ancienne ni pour les faveurs d'une femme.

Nadia ressemble à un militaire prêt à tout, elle grince des dents. Elle se détend lorsqu'Allison, lui somme d'arrêter de le viser avec son arme.

– Nadia, ce n'est pas le moment de faire la folle, garde tes munitions en cas où il serait nécessaire de te défendre, ce soir. Ici, ce n'est pas le paradis et les prisons malgaches n'ont pas une bonne réputation. Remballe ton joujou et viens boire le café.

Nadia le met en garde.

– Matt, tu es un sale type, tu veux mourir, alors tu t'y prends bien.

– C'est de ma faute, je l'ai un peu attisé ce matin, il est impulsif quand il voit un peu de peau qui dépasse du tissu. C'est un carnassier, il aime la chair crue.

– Il est bon de le castrer.

– Va voir Sodome et fiche-moi la paix. Depuis que le monde est né, le cul ne sert pas qu'à la démographie, c'est l'art de la possession et à notre époque, on fait des pénétrations godales : je viens d'inventer le mot, juste pour le plaisir anal. Vaseline et autres gels intimes sont en vente libre dans les pharmacies et les supermarchés pour vous les mettre dans le plus profond. Avec ça, tu ne vas pas me faire des leçons.

Il se lève, il est satisfait d'avoir froissé la belle Albanaise dans sa dignité. Il tente un coup en s'étirant, il parade avec un sentiment d'orgueilleux. Il donne une harangue.

– Allison, si tu ne veux pas que je t'aborde, évite de montrer tes fesses au soleil et sous mon nez, c'est de la provocation et toi, Nadia va t'habiller en fille, les pédés, je n'aime pas. C'est aussi mon éducation judéo-chrétienne qui s'interfère avec toutes les mythologies.

Ils se séparent tous le trois. Allison annonce un dernier briefing. Nadia range son pistolet, c'est la veillée d'armes. Le temps se couvre sur la région.

****

Allison est arrivée bien avant l'heure du rendez-vous. Elle attend au carrefour. Nadia et Matt qui ont oublié leurs différends du matin la déposent et restent stationnés à l'écart en surveillant à l'abri des regards. Nadia est équipée, elle est vêtue de son uniforme de camouflage de son chapeau kaki de brousse et ses brodequins, elle porte sur le haut de tête une jumelle de visée laser. À la taille, une poche avec une lampe LED. Le téléphone portable avec localisation descriptive et l'enregistrement à distance sur le siège arrière ainsi deux mallettes contenant ses armes de tir. C'est Matt qui est chargé de la conduire sur les lieux. Il est silencieux, sa bravoure matinale est descendue de plusieurs crans, les filles ont pris de l'ascendant et c'est à contre-courant qu'il suit les directives de l'une et de l'autre. Jusqu'à ce moment précis, où il pense que cette initiative est vouée à l'échec, qu'il n'a pas trop à dépenser d'énergie et que les filles vont rebrousser rapidement chemin devant les obstacles obstruant leurs investigations. Il se gratte la tête quand deux individus embarquent Allison dans leur voiture noire sans protestation de sa part. Elle jette un regard vif vers eux. Sous l'ordre de Nadia, il démarre et part en filature derrière la voiture. C'est le début d'un périlleux parcours. Matt est conscient que tout peut être gâché si le volant lui échappe des mains sur cette route chaotique. Nadia, entraînée à tous les risques, le guide en criant, gauche et droite. Ce n'est pas un as du volant, les embardées qu'il provoque donnent des chaudes sueurs à sa passagère qui se cramponne comme elle peut.   Le conducteur de la voiture noire semble connaître toutes les embûches et les contourne facilement. À la sortie d'un virage, il tourne brusquement dans un chemin à gauche du côté de la mer comme s'il avait l'intention de les semer.

Matt suit la vive consigne de Nadia, il continue sa route, puis il stoppe. Elle prend les armes, puis s'enfile dans les taillis en repérant les phares de la voiture à travers les branches basses. Elle attend, tapis derrière un monticule de pierres, elle observe. Elle s'avance. Allison est à l'arrière du véhicule et semble être en grande discussion avec les deux individus.

Matt est seul, il est arrêté sur un contrebas, un zébu s'est couché devant le pare-choc, il le bloque. Il a coupé les phares et attend le retour probable de Nadia qui peut se repérer avec son laser. Il jubile, car il sent l'échec, il est assis mollement sur le siège en pensant que Jane est sous contrôle et ne voudra jamais reprendre la vie commune. Il rit, il est libre. De ces compagnes, il s'en fout, elles peuvent y rester, ce n'est pas un problème surtout qu'elles sont frigides avec lui. Oui, c'est ça, elles sont froides, dures ! Tant pis, si elles se font défoncer par ces mabouls !

Pendant que Matt blâme, qu'il critique leurs attitudes, Allison est en contact direct avec les collaborateurs d'Éric. Ils sont méfiants, mais elle ne se dérobe pas à la fouille. Elle est explorée, inspectée jusqu'à ce que l'homme se rende compte de sa nudité et qu'il jure en passant la paume de sa main sur la partie pelvienne. Il profère des jurons sataniques, elle évite de peu, une gifle très appuyée. L'homme ouvre la porte et crache à terre toute sa colère. Elle a peur, mais elle le défie.

– Personne ne vous oblige, moi je veux voir Maki, vos mains sont sadiques.

– Putain, tu mérites le pire des châtiments.

– C'est comme ça que vous traitez les femmes, bravo ! On peut dire que votre job est sérieux.

– Je suis malgache salafiste et tu dois me respecter.

Gérard Baker .*Les sens ont de mémoire*

Nadia rebrousse, elle prête l'oreille, elle enregistre, les écouteurs enfoncés dans les pavillons auriculaires. Allison n'est pas en danger ! Elle souffle. Des ombres se dessinent dans la nuit dense, elle recule vers la route, alors que le véhicule en fait autant et repart. Elle se cache de l'éclairage. Puis elle court vers la jeep ou Matt est prêt à redémarrer. Elle le repère dans sa lunette de vue et elle monte en criant.
– Dépêche-toi, on les suit, allez, file-les !

Matt prend son temps, ce qui a pour effet d'énerver Nadia, elle le malmène en lui tapant sur l'épaule, mais ce sacré zébu qui barre le passage tarde à se lever pour s'éloigner.
– Pousse-la cette vache ! On est hors du coup !

Matt éclate de rire, il trouve dans cet instant, un moyen de faire capoter l'expédition nocturne. Allison aux mains d'un groupe paramilitaire, c'est trop risible ; alors, il déraille.

Il est hilare, alors qu'ils reprennent la route et qu'ils aperçoivent la voiture tourner dans le sentier de l'hôtel.
– Ils vont la passer à tabac, le cul à l'air, elle va se faire pigeonner et pointer par tous les bouts, c'est ce qu'elle cherche ! Maintenant c'est moi que ça amuse, quelle gourde ! Ses grosses fesses à l'air, c'est chaud pour son bassin et pour ses seins en poire Williams. Ils vont lui mettre du piment rouge dans l'anus, elle va jouir. Quelle conne !
– Ferme-la autrement, je te coupe les couilles et je te les fais manger.
– D'accord, mais tu aurais pu t'en servir avant. Toi aussi, tu aimes le piment…

Nadia accompagne son propos en pointant son couteau de chasse à la hauteur du caleçon de Matt qui sursaute quand il sent le fil de la lame frôler le gland de son pénis et qu'elle le tient en respect avec son pistolet sorti de sa boîte.

– Gare-toi à droite plus près des rochers et tu éteins tes phares. Tu patientes, je vais voir si tu as raison, si tu fais l'idiot, rappelle-toi que je suis championne de tir ! Tu es vraiment un mec détestable !

– Toi tu es une pisseuse, une teigne.

– On va arranger ça plus tard, tu vas dérouiller, une Albanaise tient parole.

Elle descend en pestant à mi-voix, elle emmène tout son attirail et s'enfonce dans la nuit comme une image fantomatique. Matt respire, cette aventure ne l'enchante pas.

Nadia est combative, elle est sans peur, quand elle raconte tous les terribles moments qu'elle vécut dans son pays qu'elle a déserté. Matt trouvait que ses histoires de génocides étaient trop violentes pour être vraisemblables. Là, il est devant le fait accompli, il devient prudent. Elle est venue habiter en France pour mettre fin à la douloureuse disparition de sa sœur. Il en est conscient, il pleure, il rit, il regarde dans tous les coins sombres si elle n'est pas en train de le viser, il joue avec ses doigts et l'envie de fumer ou de boire lui parvient. Puis il se rassure, elle ne peut rien changer, le destin de sa sœur Helena est accompli. Il pense à Jane. Quelle femme ! Quelle emmerdeuse ! Elle lui a cloué le bec, pendant des années, elle est peut-être là, à quelques pas, toujours aussi guindée, sophistiquée, faisant la roue, du gainage devant des spectateurs ahuris. Matt se livre dans un monologue intérieur qui délibère, mais il bute et s'emmêle dans ses raisonnements et dans ses jugements. Il pense que seule Allison mérite qu'on s'intéresse à elle, mais cette tromperie avec Nadia, lui reste à travers de la gorge. Il attache à ses sensations une grande importance, il est en état de disconvenir à toute vérité. Il voit poindre une source d'ennuis s'il se laisse entortiller dans une discussion propice à un égarement de sa part. Ce monologue mi-parlé, mi-rêvé puis silencieux, se suspend dans l'air avec les années, les noms, les lieux, les dates le mortifient. Il se décompose assis sans réaction dans la jeep, c'est atroce, une vie de renoncement, se dit-il. C'est réel, il a fait vœu de passivité, de ne rien entreprendre de ce qui pourrait l'amener au succès dans les affaires ou dans le show-biz, peur de voir resurgir cette affaire qui a pourri sa vie. Endormir son talent, ses aptitudes artistiques dans toutes ses formes, cacher son indignité était son seul objectif. Ce job dans cette pharmacie vétuste, dans un petit coin de banlieue lui convenait à merveille. Les clients, presque tous sont des retraités, habitants de la bourgade, trop occupés à leur santé, à leurs maladies et leurs soucis avec une assurance maladie défaillante, ils l'estimaient. Oui, oui, se dit-il encore, c'était une existence réglée et simple, mais voilà, un jour Allison est arrivée. Oui, c'est elle qui a tout modifié. Son parfum entêtant, « Angèle ». Je crois que c'est ce nom... son agilité, sa sympathie, son élocution et sa beauté égaraient le plus rétif des hommes qui gravitaient dans son entourage. Elles mettaient tous les collègues dans un état d'ivresse des sens... voilà, personne n'osait parler : se plaindre qu'une femme est trop attirante pour travailler dans un milieu restreint, c'est vomir sur le monde de la féminité. Oui, ce monde est mal conçu. C'est l'objet de toutes les convoitises, c'est l'argent qui ouvre les bras et aussi les jambes. Ce système social et capitaliste peut s'effondrer totalement, les femmes peuvent prendre en main ce système dans des décennies qui suivront, c'est attristant et c'est génial à la fois... Allison au pouvoir ! C'est demain... Son exploit retentissant a ému l'hexagone, elle doit être élue par le peuple ! Quelle mauvaise idée ! Puis, c'est peut-être une bonne chose la politique, mais c'est comme les matchs de foot. C'est trop rabâché ! Qu'elles prennent soin de nous, ces femmes qui veulent le pouvoir, nous, on regarde le foot à la télé, on gratte les tickets du loto pendant qu'elles se chamaillent à l'Assemblée nationale. Bon, allez, elles en sont où les deux *Wonder Woman* ?

Allison est consciente qu'elle joue une partie difficile quand la voiture dépasse le portail électrique et que le gardien lui projette sa lampe torche sur le visage pendant que le chien, un rottweiler très peu engageant lui montre un museau hautement relevé avec une mâchoire acérée prête à mordre. Elle a des frissons, quand elle entend le cliquetis de son téléphone caché dans la doublure de son sac à main. Le conducteur la sauve d'une nouvelle fouille. Sous escorte de jeunes gardes, elle est conviée à s'installer dans le grand salon où Jane avait pris place, il y a quelques mois de cela. Elle tremble quand l'un d'eux l'oblige à s'asseoir dans le canapé tout en la palpant de haut en bas en insistant dans le bas ventre et ensuite la poitrine avec une expression de dégoût.

– Vous attendez ici, on va vous servir une boisson.

La Mama apporte un jus d'orange et quelques petits gâteaux au miel en s'éclipsant sans le moindre mot avec l'air songeur qui accompagne une personne qui se pose des questions. Allison la suit du regard. Étonnée de cette défilade et de ce passage furtif. Dans la salle de réception, elle remarque le côté désuet de la grande pièce, des tas de tapis multicolores sont entassés sur des étagères, elle suppose que l'endroit sert aussi de salle de prière. Elle craint le pire, elle évite de boire le breuvage qu'on lui offre. Une précaution qui dans ce milieu au confort spartiate n'est pas à négliger. Elle s'impatiente, elle tient son sac sur ses genoux, elle replace son foulard sans discrétion dans ses cheveux. Ce symbole imposé l'empoisonne, elle ressent une sorte de soumission à le maintenir sur le haut du front. Cette étoffe lui fait l'effet d'une emprise sur sa pensée. Elle a envie de se débarrasser de ce textile qui lui enserre le cou, il se représente sous la forme d'un carcan du port de tête, dont la chevelure est une inhérence majeure reliée à sa beauté initiale. Elle se rebiffe contre cette idée que l'attirance pourrait venir de cette chevelure, cet atout naturel qui n'est pas purement féminin. C'est abominable, pense-t-elle !

Nadia est dans son élément, elle progresse dans la végétation sans bruit, à pas feutrés, et tel le loup, elle arrive aux abords de la bâtisse, elle stoppe son élan quand elle entend le chien qui éveille l'attention de son maître, alors qu'elle suit le long grillage et qu'elle peut apercevoir la salle où Allison est assise. Elle cesse de respirer. Elle sait que le chien la sent, elle sort doucement son étui le fusil hypodermique. Elle attend calmement, c'est l'endroit idéal pour intervenir si Allison a des ennuis. Elle se met en position. Elle est aux aguets. Le fusil et le pistolet posés à ses côtés, elle a les coudes appuyés sur un rocher. Elle est à l'aise, tapie dans la brousse. Mais il fait chaud, il n'y a pas de clair de lune, le vent de la mer est léger. Elle ne s'effraie pas. Le chien est agité. Rien de vraiment sérieux, même si la lampe torche vient éclairer les parages en insistant. Elle peut se défendre, elle prend son arme, elle enfile un doigt dans la gâchette. Ameuter toute la résidence serait un très mauvais point. Battre en retraite signifierait un échec sans pouvoir espérer une récidive. Elle met un temps avant de régler la visée de la lunette nocturne. Les jumelles autour du cou, elle s'autorise un moment de répit, mais tout à coup, elle est sur le qui-vive quand elle perçoit des mouvements dans l'hôtel, elle lève le nez. Cet homme qui s'adresse à Allison est peut-être Éric le djihadiste ? Elle ne le connaît pas. Sa barbe est immense et couvre le bas du visage. Il ne ressemble pas à celui des photos sur les dossiers de l'enquête. Les années sont passées, elle éprouve un moment de panique et de tremblement, elle a du mal à retenir un sanglot. Lui, l'assassin de sa sœur est à portée de tir. Un seul appui sur la détente suffirait pour que le crime soit vengé ! Il est là ! Supérieur, il se tient droit, arrogant, sur de lui, alors qu'une seule balle peut le faire s'écrouler. Allison serait immanquablement en danger de mort. Nadia serre les dents, elle est en bout de course, voilà des années qu'elle souhaite pointer son canon vers lui et l'abattre sans regret. Elle retient le geste fatal, elle soupire, c'est raisonnable, rien n'est perdu, de son endroit, elle peut jouer les snipers. Trente mètres ce n'est pas une grande distance surtout à découvert. Les écouteurs grésillent quand la conversation s'établit entre Allison et Éric, puis enfin débute. Alors, elles se les enfoncent dans les oreilles à se faire mal pour entendre. C'est en sourdine, mais l'erreur serait de monter le son. Elle essaie de recevoir

Gérard Baker .*Les sens ont de mémoire*

dans les tympans des bribes audibles de leur échange. Elle est crispée, les muscles des bras sont tendus, le moindre faux mouvement peut tout faire avorter. Elle se contient, quand l'envie de pisser se fait sentir dans sa vessie, elle pense à Matt et à son insulte, elle rage de ne pas pouvoir uriner sur lui en pleine figure, ses mains liées dans le dos. Quel sale type ! Hum ! Ce serait trop gentil pour un voyeur décadent. Elle s'alarme lorsqu'un bruissement se fait entendre près d'elle. C'est un petit hérisson qui furète entre ses pieds. Son cœur cogne fort, une petite peur instinctive, courte, saisissante vient de la traverser, elle sourit. Cet animal la met dans une sorte d'attention qui la fige. Quand la bête se détourne et s'éloigne, elle respire. Ce genre d'incident presque anodin pourrait nuire. Elle est de nouveau à l'affût, elle cligne des yeux. Derrière les vitres de la grande baie qui ajoure pleinement la salle, Allison se déplace, en se levant, elle serre la main de l'homme, mais elle le masque. Elle est dans son viseur.

À cette distance, elle distingue Allison, celle-ci semble sous pression, elle s'exprime sans grande expression sur le visage. Nadia tend l'oreille. Manifestement le dialogue est direct, sans détour, sans préambule.

– Bonsoir, bienvenue dans le monde de la reconversion des populations mécréantes. C'est Allison, je crois, ce prénom est d'origine américaine, mais on peut changer cela. Je n'en connais qu'une, c'est Allison Mack. Un exemple parfait d'hilotisme avéré ! Donc, tu es la pharmacienne du laboratoire, je me souviens de ton visage. C'est vrai que ma proposition était mal présentée, mais je suis satisfait qu'elle aboutisse.

– Oui, j'ai longuement réfléchi et les circonstances de ma vie se prêtent à un changement radical. Maman est décédée et j'ai perdu mon boulot, car j'ai refusé les avances de mon patron...

– Le patron a bon goût...

– Ce n'est pas tout, j'ai envie de connaître d'autres personnes, d'autres vies, d'autres traditions et continents. Ce travail de recherche est peut-être à ma portée, plutôt que de moisir dans une officine sans avenir. Je me suis donc tourné vers l'Afrique ; son réservoir de connaissances à un grand intérêt pour les générations futures, car c'est dommage d'avoir des bagages intellectuels et de ne pas les utiliser à bon escient. Je n'ai pas peur de vivre une sorte d'autarcie.

– Allison, hum, je ne veux pas faire un discours trop philosophique ennuyeux, mais je souhaite que tu collabores efficacement au projet de l'extension du lieu qui dans l'ensemble est très bien orienté. Nous avons décidé de créer un labo où tu auras la mainmise et surtout une école coranique pour les enfants des indigènes malgaches très miséreux. Il faut remettre en marche un urbanisme défaillant, la section extérieure du bâtiment sera rénovée. Remettre sur le bon chemin les hommes perdus, c'est aussi une conception métaphysique du monde lié à la vie sur terre où il n'existe qu'un seul et unique dieu et prophète. Dans ce laboratoire, il faudra aussi gérer les empoisonnements qui sont fréquents. C'est aussi soigner toutes les maladies tropicales et transmissibles sexuellement, des maladies, telles que la peste dont souffre encore cette population à risque. Es-tu d'accord pour mener à bien cette mission ? Eudémonisme c'est notre destin, c'est la voie vers le bonheur de cette planète. Les prédilections d'Allah sont exactes et affirmées.

– C'est très bien illustré et je trouve l'analyse très complète. Je ne suis pas une férue de philosophie, mais me réclame adepte d'un monde meilleur si les fondations sont bien établies. En terme simple que cela tient debout.

– Merci pour ta compréhension. Nous pouvons commencer à élaborer un contrat en due forme.

– Attends, je voudrais poser deux conditions avant d'émarger et de signer un éventuel accord. Je ne suis pas venue seule sur ce territoire…

– Je suis au courant, tu ne peux rien me cacher. Tu es accompagnée de deux personnes. Et alors qu'en est-il ?

– Une amie qui attend mon retour… et Matt, votre ami, qui est aussi mon collègue de travail.

– Pourquoi ne s'est-il pas présenté avec toi ?

– Il préfère me déléguer, car il veut savoir s'il peut être reçu, c'est logique dans le fait qu'il ne sait pas où te trouver exactement. Lui aussi veut obtenir un accord. Divorce ou pas ?

– Allison, c'est triste, mais il est très lâche, il envoie une femme pour se sécuriser. Quel con, quel poltron sans rien dans le froc, c'est la peur !

Maki est fâché, il tourne devant elle en se tirant la barbe. Il remet sa Tiya en place ; il hurle son ressentiment, il devient haineux.

– Bon, on va mettre les pendules à l'heure, c'est trop longtemps qu'il me fout la merde. Sa femme, il ne la verra pas, elle est déplacée dans l'Est pour se faire soigner, elle aussi est une saleté. Elle est hospitalisée à Analamanga dans le centre de l'île, elle a les symptômes de la peste, on craint pour elle à cause de l'épidémie. Elle m'a trompé dans ma jeunesse, sans tenir sa promesse, elle a épousé ce chiant ! Voilà la vérité !

Nadia peut l'atteindre quand, elle voit sa colère, elle garde un doigt sur la détente, ses grands gestes sont d'allure virulente comme s'il implorait un Dieu quelconque alors qu'Allison reste impassible. Il fourre sa main dans sa djellaba et en sort un petit livre… il parle en Arabe puis en Français.

– C'est là les premiers psaumes et versets du Coran, c'est pour toi, lis-les et reviens demain avec cette moitié d'homme. Il veut ma peau, mais on va l'éventrer jusqu'au nombril.

– Je suis désolée, je ne suis pas au courant de cette rancœur, cette amertume, il m'a dit que Jane avait quitté la maison pour vivre avec toi.

– C'est faux, c'est une machination, il voulait se débarrasser d'elle. C'est un montage, je ne l'aime pas cette femme, c'est elle la cause du mal. Une identité malsaine contraire à ma religion, une pute !

– C'est affligeant, je suis perplexe. Comment peut-on réagir ainsi ?

– Ici, je suis Maki, je ne suis plus Éric, je suis le roi, je suis français, je suis malgache, je suis arabe, musulman, je suis tout ça, je suis djihadiste, je suis soldat. Je suis Solal le magnifique. J'ai des remords, mais c'est Matt le fautif…

– Est-il ton grand ami de jeunesse comme il le prétend ?

– Reviens demain avec lui, on aura des témoins de notre audition. Reviens à la même heure, tu connais le chemin. Si tu vois des filles, ici, c'est de l'aide : je leur donne le turbin, elle apporte le grain et le miel à leur famille démunie. Elles cotisent pour notre grand apostolat, c'est Dieu qui décide de notre destin. Le groupe est constitué de shebabs très entraînés. Le chef suprême est mon allié. Inch Allah ! Que Dieu te garde. Demain à la même heure. Inch Allah ! Mes gardiens vont te raccompagner.

– Merci !

– Au revoir, *Belle du seigneur* !

– De quel seigneur parles-tu ?

– Allison par la suite tu comprendras que c'est moi le dignitaire de cet endroit, c'est moi qui le dirige, on est loin de l'enfer des castes militaires à la française où ils m'ont pris pour un connard. Je suis respecté et je suis la voie sacrée qui m'a été ouverte par *Harakat al-Chabab al-Moudjahidin*.

– Bien, je serais là et je ne serais que témoin, si tu le désires…

Nadia s'est planquée dans la broussaille, elle est agacée par une nuée de moustiques et de moucherons, elle est énervée d'avoir négligé de se munir d'une lotion contre ces voraces suceurs de sang. Elle se bat en exécutant des petits sémaphores contre les insectes, mais elle est soulagée quand Allison quitte les lieux sous escorte et surtout sans aucun dommage. Elle se retire pendant que le chien grogne à nouveau, le flair éveillé, elle doit encore prendre des précautions pendant son retrait. Voilà un moment que sa copine Allison est sur le retour.

Elle a appris par le biais de bribes de paroles dans les écouteurs quelques informations, mais cela est-il suffisant pour condamner un suspect ? Elle a encore l'image d'Éric dans la tête, elle pouvait le tuer à cette distance si Allison donnait des signes d'inquiétudes. Quand elle retrouve Matt, elle est en sueur, des moustiques tournent autour de son front. Elle ordonne de décamper à Matt qui sort de sa torpeur. Il a beaucoup de peine à reprendre conscience de l'importance de la situation. Nadia le crucifie, l'assaille. Elle l'agace au plus haut point, elle tranche sa part de vie belle. Elle est cruelle, il la déteste fortement au moment où elle s'assoit et qu'elle crie, qu'elle lui ordonne de partir avec les phares éteints. Elle est essoufflée, il range tout son attirail. Matt se retient de lui donner l'estocade ou une ruade violente pour qu'elle soit plus sympathique avec lui. Elle a le don de le mettre dans un état de colère froide. Matt lui souffle,

– Tu veux que l'on aille au fossé ?
– Tu veux que l'on nous voie ?
– On ne doit rien à personne…
– Toi, tu dois rendre des comptes à Éric demain. Allison a obtenu une entrevue… Fais donc attention où tu mets tes roues. Tu es nul, tu pilotes comme un enfant de quatre ans ! C'est nul, mets les phares !

C'est une mauvaise nouvelle et les reproches acidulés de la princesse des Balkans à ses côtés enclenchent une sorte de mécanisme dans son esprit. Il geint de sa colère comme si des plaintes de l'au-delà lui parvenaient. La voix est celle d'Helena, une voix étranglée, Nadia, a le même timbre de voix, fine et perçante à la fois. Il est ensorcelé quand qu'elle se déshabille, qu'elle dise avoir trop chaud et qu'elle enlève son gilet pare-balles, qu'elle desserre sa ceinture ? Elle est secouée par à-coups contre lui, elle se cramponne à lui, son tee-shirt est collé à sa poitrine par la sueur et son odeur très capiteuse de parfum suave se dégage dans l'habitacle. Elle lui bouleverse le

Gérard Baker .*Les sens ont de mémoire*

cerveau. Il freine nerveusement, il est au bord du trouble langagier. Il stoppe le véhicule sur le bas-côté de la route qui est maintenant asphaltée. C'est de nouveau, une crise terrible qui l'empêche de continuer. Nadia est interdite, elle ne comprend pas ce brusque arrêt. Allison doit attendre… Matt a les bras sur le volant, il y pose sa tête en feu, il est incapable de réagir. Il a seulement une folle envie de la pousser hors de la jeep afin qu'elle ne l'envoûte plus jamais, qu'elle s'éloigne de lui. Nadia ! Helena ! Allison, Jane, les femmes de sa vie qui dansent devant lui… il ne sait plus, il est dans le flou, dans un chaos mental, cette farandole n'en finit pas et toutes filles tournent autour de lui, elles s'échappent. Alors il agrippe Nadia contre lui comme un animal sauvage. Elle a juste le temps d'éviter la charge, elle le repousse très violemment.

– Dégage tes sales pattes, on rentre, Allison nous attend, c'est la dernière fois que tu me touches, sinon je t'abats comme un chien galeux !

– Pardon, je suis désolé, c'est incontrôlable, tu es trop attirante, cache tes seins et remets ton falzar, il n'y aura plus de problème.

– Jusque-là, tu as été chanceux, ne joue pas avec ta pauvre vie de cinglé.

Matt reprend ses esprits, il sort de son manichéisme délirant, il s'excuse beaucoup en cherchant une solution à sa dérive et en essayant de retourner la situation si complexe qu'elle soit en sa faveur. Il décrit l'attitude des filles comme insultante et méprisable.

****

Allison apprend par la voix de Nadia que de nouveau, il a dépassé les limites d'une bienséance et enfreint un minimum de respectabilité entre eux. Elle ne relève pas le sujet. Elle connaît les aptitudes de Nadia à mettre le feu à quiconque l'approche de près. Elle illumine quand elle se présente avec son tee-shirt moulant sa poitrine au contour soft, coupé à ras le nombril avec son pantalon taille basse qui laisse entrevoir le haut de ses jolies fesses. Une pointe de jalousie se lit sur ses lèvres en cœur. Elle dénonce l'aspect physique très érotique de son amie.

– C'est dans cette tenue que tu pars en guerre, il ne faut pas t'étonner que tu aies des représailles. Matt en a pris plein les yeux et comme il est volubile quand un jupon flotte sous son nez, il en oublie de mettre un préservatif.

– Il est malade ton mec, s'il veut faire des pirouettes, il doit être plus délicat. Autrement, c'est du viol, c'est de l'agression pure.

– Cache tes fesses et ne fais pas ta gueule d'amour quand tu lui parles, on dirait que tu veux le sucer à chaque fois que tu ouvres la bouche.

Elle fustige ses deux acolytes. Elle martèle son désaccord sur leur querelle.

– Il est tard. Bye ! Vos histoires de fond de culotte ne me passionnent pas. Faites la paix et allez dormir. Nous sommes à la veille d'une soirée très excitante devant nous. N'oubliez pas que nous sommes des mortels et que dans cette région, il n'y a pas un flic à chaque carrefour, pour vous protéger ou pour vous pénaliser.

Matt reprend son allure de fanfaron et sort du cocon maléfique où il s'enfermait irrémédiablement. Il s'empresse d'embrasser Allison sur les joues et sur la bouche sous le regard mécontent de Nadia. Il lui souhaite une bonne nuit et le remercie de son soutien. Elle se dérobe légèrement en enlevant la main qui frôle singulièrement sa poitrine devant les yeux médusés de l'Albanaise qui tempête.

– Tu vois, il ne peut pas se tenir, il faut qu'il touche, qu'il palpe, il ne loupe pas une occasion pour te mettre la main aux fesses. !

– Ça va, on en reste là. Moi, cette aventure me brise. On parlera de tout demain, mais on y retourne demain mettre les points sur les I. de monsieur Éric-Maki. Aujourd'hui, il a été très prudent et presque poli... voire l'enregistrement. Je vous salue, je vais dormir pour être en forme, là, je suis cassée.

Allison retrouve sa chambre sans avoir trop discuté.

Elle tente de remettre Matt sous son aile sans renier de façon trop brusquée ni froisser personne. Le lendemain sera une autre affaire qui devrait déboucher sur la vérité. Elle est satisfaite que son entretien soi-disant d'embauche soit bien passé. Elle n'a rien lâché et Maki n'a pas découvert son identité initiale de fille déflorée. «– La preuve qu'en vieillissant, notre morphologie et notre faciès changent aussi, » se dit-elle en se contemplant dans son miroir de salle de bain. Elle se démaquille lentement en laissant traîner le coton sous ses yeux et sur ses joues. Son visage reprend les traits d'une jeune femme sans masque. – «Presque trop jolie ! » se dit-elle, narcissique et fière de cette peau lisse, douce au contact de la pulpe du doigt.

Elle ne l'a pas reconnu sous cette barbe, cette pilosité excessive efface les traits d'expression. Pourtant, les yeux ne trahissent personne, c'est son regard malin et fourbe qu'elle a reconnu. Elle s'en souvient. C'est bien lui ! Seul bémol dans son incursion dans la vie de Maki, c'est qu'il soit au courant de la présence de ses deux comparses. Elle espère qu'il ne fera pas le lien de fratrie entre les deux Albanaises. Pour Matt c'est plus angoissant, Jane est probablement très malade. Elle hésite à lui en parler, mais de toute façon, il l'apprendra par son grand ami. Elle sourit, cette histoire de *polyamour* part dans une déconfiture invraisemblable. À jauger toutes les fredaines religieuses de Maki, elle s'interroge. À savoir si tous « les petits salauds » qui ont commis des délits en toute impunité à l'époque de son adolescence ont tous suivi l'idéologie à se convertir à une croyance pour se faire pardonner ou peut-être plus largement assouvir leurs pulsions sans être condamnés. L'Afrique serait donc le plus grand réseau de malfrats de la planète. Cette guerre au Mali dont elle entend parler aux informations serait l'antre de tous les méfaits et crimes que l'on puisse imaginer. Ces fillettes pubères et choisies par des entrepreneurs du sexe d'où viennent-elles pour qu'il en fasse un si grand éloge ? A-t-il usé de son dé à coudre pour les réduire à un esclavage sordide ? À Madagascar, la pauvreté est une calamité et les réseaux de prostitution s'organisent facilement. Éric serait-il donc un proxénète sous le couvert d'une idéologie religieuse ? Elle n'en doute plus...

Elle contacte son agence. Une embarcation se tient près du rivage si l'affaire tourne mal, elle les emmènera vers Nosy-Be. Cela à coûter très cher. Elle se sent libérée, il faudra se sauver dans les cas les plus extrêmes. Elle organise, elle élabore un plan bien précis, si tous les tenants et tous les aboutissants sont à leur place, elle doit en sortir saine et sauve.

Avant de s'endormir, elle refuse d'ouvrir à Nadia, qui tambourine à la porte.

– Va te coucher. Je suis lasse et j'ai envie d'être seule.

– Juste pour dormir avec toi.

– Non, nous aurons, c'est sûr, à passer une nuit blanche demain…

Elle l'injurie, semble-t-il, dans le dialecte très prononcé de sa région et de sa langue maternelle. Ce qui ne choque aucunement Allison, elle a décidé de ne pas être importunée. Elle revoit la scène où son ennemi de jeunesse commente avec un art de l'élocution digne d'un très grand orateur ou prédicateur, son délire de grandeur, ses larges promesses, ses idées de fondation illicite et bassement mercantile, en se targuant d'être un défenseur des pauvres et d'en abuser sans scrupule. Elle suit des yeux pendant tout l'entretien ce doigt térébrant la douleur. Elle le lorgne, il est orné d'une chevalière ciselée, brillant de l'étoile et du croissant de lune. C'est ce genre d'amulette qu'il expose telle une arme monstrueuse. À chaque mouvement de la main, elle ressent encore dans sa chair cette défloraison inacceptable. Quand, il le porte à son menton ou à sa bouche, elle éprouve une répulsion, c'est comme s'il avait gardé le suc de sa virginité et qu'il se remplit de gloire en brandissant le scalp de la féminité. Elle perd pendant un instant le court de ses phrases et de ses versets. Elle a peur qu'il devine sous son voile, le flot de ses pensées dérivantes au gré de sa requête. Il n'a hasardé aucune allusion pour la draguer, ne serait-ce qu'un compliment sur son élégance. Peut-être est-il sur la réserve ? Elle sait maintenant qu'il ne commet aucune faute et il emploie toujours le même scénario pour embobiner ses victimes. Les adolescentes qui ont subi le même sort en témoignent. Le prosélytisme déployé pour enrôler ses victimes est très performant. Il est zélé et opportuniste, il provoque à ses interlocuteurs une sensation de bien-être, même si quelques fois, il déborde du sujet pour les orienter et a écouté les échos de la religion dont il déclare être l'un des représentants suprêmes et l'un des soldats accomplis.

Solal, le magnifique, c'est trop, elle trouve cet argument déplacé. Elle n'a pas l'aura d'Ariane Deume. C'est une simple politesse qu'il distribue comme une médaille, fût-il si entiché de cette dernière, dans le roman de *Belle du seigneur* d'Albert Cohen ? Elle ne rechigne pas devant l'adjectif, mais c'est un plagiat d'un nom de noblesse qui sonne mal dans la bouche du compositeur erratique et inadéquat ? L'enlèvement de Ariane par Solal est probablement ce qui donne un sens au vocabulaire employé pour le titre et dont il ne se défait pas.   Elle a compris l'allusion perfide. Au milieu des cinq piliers qui forment un arc de cercle dans cette salle de réception, elle ne pavoise pas, elle porte au cou la main de Fatima, croyant se signer d'un symbole mirifique quelle erreur, semble-t-il.

Il s'y oppose, c'est lui faisant une remarque…
– Ici, les filles ne portent pas de distinction particulière sur le cou, mais je comprends l'obscurantisme. Tu es avertie de ne pas ouvertement créer un blâme de soumission à la volonté de l'unicité d'Allah. C'est aller contre le fondement de la vie islamique !

Elle ne rétorque pas, elle passe à travers cette réprimande, elle observe les lieux et les portes ainsi que la grande baie qui s'ouvre sur la piscine. Tout est accessible donc, on peut s'y échapper. Chercher un moyen de le punir était primordial. Faire tout ce chemin pour le remercier en y passant outre est une hérésie. Comment peut-il lui faire avaler une couleuvre en lui promettant un contrat formel ? Elle est laborantine et pour faire une recherche sur les plantes ou autres sédiments, sur les poisons, il faut une équipe de scientifiques travaillant dans une installation très coûteuse. L'isolement est total, c'est une dupe. Cette ambition à la norme de Pantagruel est de toute façon une supercherie au sens le plus rétrécie. Si une personne nantie de la haute philosophie abuse avec dédain de cette conception majeure en se glorifiant d'en être un porteur divin, c'est bien lui ! Ce traître, cet imposteur calamiteux, vaniteux, c'est lui ! Elle est obsédée par vue de ses doigts qui par petits coups secs s'avance vers elle, chaque fois qu'il élève le ton de sa voix. Elle veut le lui faire manger à l'étouffer. Elle pense au pire, car ce n'est donc pas assez, il faut l'avilir, le souiller et que la cérémonie soit vue par un grand public. Elle choisit un moment clé dans sa tête qui s'embrouille, mais cette idée qu'il peut compisser de douleur la surprend.

Elle décide de changer de formule, car l'invitation de Maki sent le guet-apens ; cette sorte de souricière planquée dans la brousse ne lui convient pas outre mesure. Ce type est trop encadré et trop rusé pour ne pas préparer un plan de contre-offensive. Inverser les rôles est donc une priorité. Elle élabore une série d'excuses pour que ce soit lui qui se déplace. Une seule peut-être lui suffit, mais cet homme aguerri, rompu, entraîné à toutes les formes de combat psychologique et de terrain, est capable de flairer une chausse-trappe. Elle n'a pas cette capacité de mettre un adversaire dans une position délicate. Elle a de la repartie, elle est audacieuse, mais elle est un peu limitée dans un affrontement qui pourrait avoir lieu. C'est donc Nadia qui peut la seconder et Matt en renfort. Elle se lève, elle se sert et boit un verre d'eau, le liquide lui fait du bien, elle suit sa descente fraîche dans son estomac, elle renifle, elle bâille. Elle doit le piéger ! C'est un immense souhait, elle ne quittera pas le sol malgache sans l'avoir accompli.

Elle peut s'endormir après avoir déchiffré toute la perversion de ce bonhomme. Analyser c'est gagner de la confiance en soi ! Elle a des difficultés pour dormir, cette soirée est dantesque. Elle ne s'émeut pas, c'est aussi ce moment crucial qu'elle s'interroge de l'utilité de sa vengeance, la sienne, celle qu'elle poursuit depuis des années. Cette vengeance est mentalement justifiée, quel que soit le procédé qu'elle y apporte. C'est sûrement la fin de sa mauvaise humeur, de son agressivité, souvent en actes, régulièrement en paroles. C'est quasiment un retour à une sexualité normale où souvent elle était en inhibition avec elle-même et que l'intromission était comparable la perforation hâtive d'un speculum.

À cette époque sombre, à se morfondre, elle avait perdu son agresseur de vue en changeant de domicile avec ses parents. Elle n'a jamais appris à coudre et l'image de la bonne couturière avec son tablier blanc l'irrite. Celle qui d'un geste très aérien joue de l'aiguille avec une virtuosité admirable en piquant le tissu comme dans de la chair molle, d'un doigt couvert, la perturbe. Son sommeil atteint son apogée, elle a trop cogité.

Gérard Baker .*Les sens ont de mémoire*

L'air est déjà lourd et chaud aux premières heures de l'aube tropicale quand elle se réveille, les yeux voilés de l'incertitude et avec l'appréhension d'une journée qui s'annonce rude en épreuves morales, sinistrement imprévisible et hautement insécurisée. Elle est habillée, décontractée, d'un maillot de bain, d'une robe bleue, à petits pois très légers, très couvrante quand elle déambule sur les dalles de marbre blanc de la villa.

Elle tranche une part de la pastèque qu'elle a dénichée par hasard dans la rue alors qu'un vendeur lui avait sonné la cloche. Elle avait dans l'élan acheté une main de bananes fraîchement cueillies pour deux pièces d'un euro et les remerciements sans fin du maraîcher qui lui promettait de revenir le lendemain. Après beaucoup de salutations, il avait repris sa marche solitaire en emportant sur son dos de lourds sacs en jute, errant dans le lotissement avec espoir de faire d'autres ventes sous un soleil de plomb. Elle mord dans la mollesse du fruit et le jus s'écoule dans sa gorge comme une source jouissive, elle se repaît du pulpeux, elle avale les graines noires sans rejet, elle adore se goinfrer de la matière végétale, pourtant elle n'est pas végane. Elle se soucie peu de son aspect physique. Elle s'offre parfois de somptueux repas. Elle est épicurienne et sa silhouette ne s'en ressent pas. Elle est simplement plantureuse, légèrement enveloppée, c'est qui la rend jolie et très attirante. Elle plaît. Nadia et Matt ne peuvent pas la contredire sur ce point. Finissant de brosser son portrait de femme dévorante des choses de ma vie, elle épluche une banane et la croque érotiquement quand Matt qui n'est pas un lève-tôt se radine avec son expresso à la main. Il siffle son admiration quand il s'aperçoit qu'elle n'a pas l'allure habituelle lascive du matin. Il sort une de ses vannes en la saluant.

– Bonjour, on voit que tu es en manque, tu fais des singeries, mais tu t'enfiles une banane.

– Matt dans ton cas, je serais plus sérieuse quant à ma prodigalité et ma largesse lorsqu'il s'agit de mes faiblesses, de ma gourmandise qui m'appartient personnellement. Parfois l'humour dépasse la fiction, parfois elle pose un problème d'éthique, elle devient moraliste. Les gens se moquent des autres avec une épigramme salace sans prendre conscience qu'ils sont d'affreux bonimenteurs. Tu es de ceux-là !

– Je suis d'accord, mais on peut rire de tout, ce qui est grave, c'est de ne pas accepter la drôlerie, cet écart dérivatif dans la vie maussade de tous les jours.

– Des limites et des censures doit être assurées pour plein emploi de la formule, il n'est pas interdit de railler ou d'ironiser dans une figure de style approprié, mais toi tu fais des sous-entendus malsains qui n'ont qu'effet de mettre en boule celui qui est cité ou nommé. La démocratie chrétienne est sujette à cette forme d'attitude pas toujours bienvenue.

– Allison, est-ce que le grand rabbin Éric a essayé de te convertir à un autre régime ? Est-il si convaincant que tu t'es laissé séduire par ses promesses d'amour et de partage ?

– Je ne pense pas qu'il soit rabbin, mais qu'il détient un rôle bien particulier dans ce califat. Il n'a aucun pouvoir sur moi, si tu veux le savoir. Je suis allé pour tenter de le démasquer. Et ce n'est pas fini ! Mais toi, pauvre hère, tu ne poses pas la question de savoir ce qui s'est passé hier soir ?

Gérard Baker .*Les sens ont de mémoire*

– J'allais en venir. Mais on se chamaille. Alors c'est quoi ?

Allison est désabusée, elle ronge son frein, car aucun mot n'a fusé concernant Jane, pas un moindre mot, pas un seul ! Cette indélicatesse la trouble, elle le répudie à sa manière tellement elle le trouve lâche, si peu loyal. Il donne l'impression que c'est une évidence acquise, Jane est dans les mains d'un autre homme, il est résigné et pourtant, il a demandé de l'aide pour qu'elle revienne en France. Allison au gré de son enquête avait décidé de lui apporter cette aide. Tous les deux avaient une bonne raison de se lier. Elle crie son désappointement et sa consternation. Elle connaît le sort de Jane, elle ne peut lui cacher la vérité.

– Jane, alors t'en soucies-tu ? Tu crois qu'elle joue aux femmes libérées dans le harem de son ami ? Et bien tu te trompes…

– C'est bien pour lui qu'elle est partie, elle est la patronne. Maintenant c'est trop tard, moi j'en ai ma claque de toute cette affaire. Je ne vais pas me battre avec un régiment de bâtards pour elle. Je connais l'adresse. Je vais lui envoyer une demande de divorce dès notre retour. Cela signifie que je n'en ai rien à foutre d'elle. Cette galère me rend fou, toi aussi ! Qu'elle fasse sa vie et moi la mienne…

– Matt c'est autre chose…

– Qu'elle fasse la pute de service, c'est ce qu'elle aimait, elle voulait des performances, maintenant elle a perdu sa carte de fidélité. Je ne lui en veux pas, mais c'est fini !

– Matt, écoute-moi, si tu as de la haine, je peux le comprendre, mais tu ne la verras pas de toute façon. Elle n'est plus dans cet hôtel, elle est dans un hôpital dans le centre de l'île. Éric m'a informé qu'elle présentait les symptômes de contamination de la peste. Elle est en isolement. C'est une maladie dont tu connais toutes les caractéristiques.

– Ce n'est pas possible, il ment !

– Pour quelle raison le ferait-il ? Moi, je pense que c'est la vraie cause du silence de ta femme. Éric ne peut pas le cacher, car ce serait lui le fautif si elle disparaissait. Elle est hospitalisée dans la région d'Analamanga probablement à Tananarive, c'est pratiquement sûr.

– Quelle preuve ?

– Il m'a fait comprendre que si tu veux la revoir, on n'est pas au bon endroit. Réfléchi, il n'a pas refusé que tu le rencontres. Il te hait ainsi que ta femme et il veut mettre les choses au clair. Il n'a jamais aimé Jane qui l'aurait trahi d'un serment de jeunesse. Es-tu au courant de cette promesse faite entre ces deux gaillards ?

– Vaguement, ce sont des choses qui sont éparses qui n'ont aucune grande valeur dans la vie. Cela appartient au monde de ceux dont les engagements deviennent des contraintes absolument impossibles à tenir. Il est parti en Afrique faire sa révolution intérieure. C'est son erreur.

– Sois concret, pendant des années vous vous êtes côtoyé sous la présence de Jane en vous détestant cordialement, c'est du cynisme de haut niveau surtout sans jamais vous affronter. C'est du grand théâtre, du vaudeville. Jane est partagée dans une comédie rabelaisienne, elle est maintenant sur le point d'écrire une page de fin dans une tragédie inédite et toi, tu es là, sans réaction. Elle a vécu avec toi ! Ce n'est pas une inconnue. Cette femme est peut-être au bout du rouleau ?

– Allison, tu me culpabilises, alors que nous sommes ensemble et que ta requête n'est pas affirmée. Tu dis me donner une chance et je ne vois pas le moindre geste affectueux de part. Tu roucoules dans les balconnets du soutien-gorge de Nadia, ce n'est pas moral !

– Balaye devant ta porte et après tu reviendras me voir, c'est tout ce que j'ai à te dire et à te conseiller.

Nadia les rejoint, les yeux demi-fermés, le soleil lui envoie des clins d'œil puissants. Elle est en pyjama, elle traînaille tel un mannequin sur l'estrade, elle marche, elle est gracile en ajustant la pose sur le sol d'un pied nu devant l'autre, sa poitrine suit ce mouvement déhanché et rythmé, de quoi déranger la libido du sieur Matt qui ne perd pas une goutte de ce spectacle angélique et matinal. Elle susurre avec une moue de regret en retroussant le nez et en affichant un air de contrariété.

– Je l'avoue, je suis une véritable marmotte, je dors beaucoup et plus encore si l'on me berce de tendres caresses. C'est la loi qui régit le monde, sans amour on est rien. On se suicide, mais dormir apporte son lot de détente et de plaisir. Je suis en pleine forme pour accepter toutes les gâteries que l'on pourrait m'offrir. Je veux bien un petit café et des fruits de saison. Ma chère Allison, je m'excuse de t'avoir importuné hier soir, c'est désordre.

– Ce n'est pas la peine, j'ai dormi sans rancune. J'ai changé le plan de ce soir, je vous en parle dans la journée. Je suppose que ce gentleman de la religion islamique est trop poli et trop honnête pour en rester à cette petite discussion de la veille. Je crois même qu'il nous espionne en ce moment. Donc, Nadia, tu caches ton armurerie… Matt essaie de savoir si quelqu'un rôde dans les parages. Moi je lui prépare un coup à ma façon, ce n'est pas maintenant que je vais faire dans ma culotte.

Matt est soucieux, rien ne va plus dans cette aventure, il regarde Nadia. Elle est fidèle à son attitude osée, elle s'exhibe ses charmes sans pudeur. Le pyjama entrouvert flottant aux alizées et la taille au bas des fesses, elle le provoque d'un œil coquin. Il s'éloigne d'elle en baissant le regard pour ne pas subir un nouvel affront. Il est dans une position délicate et cette fille, pense-t-il, ne mesure pas l'effet destructeur qu'elle lui soumet. Elle s'ingénie à lui faire croire qu'il peut la séduire. Elle l'aguiche, elle met sa main entre les jambes en se glissant d'un doigt, elle se gratte les seins, elle les soupèse, se relaxant avec un plaisir feint quand il a la fâcheuse idée de la regarder. Cette provocation le désabuse. Il perd son sang-froid et il part nager dans la piscine. Allison fait de même. Il sait qu'elle veut lui parler, mais il se retire du bassin rapidement au bout de quelques brasses.

– Je t'aime Allison, mais je suis épuisé.

Nadia sourit, elle est étendue sur un transat, la poitrine à l'air, pour créer l'équivoque. Matt passe à ses pieds sans se détourner. Elle peut compter sur son amie, elle lui fait signe qu'il est parti dans sa chambre, elle secoue la main pour dire qu'il est furieux.

– Tu es une petite vache, laisse-le tranquille, on n'est pas des connes.

– Ha ! Je vois, tu n'as pas que le derrière pour t'amuser, c'est un avantage et peut-être c'est pour ça que tu ne m'as pas ouvert.

Gérard Baker .*Les sens ont de mémoire*

– Je vais t'offrir en pâture à notre bonhomme Éric et tu changeras d'avis. Je n'ai jamais critiqué une vierge qui veut le rester, mais nous n'avons pas ce point commun. Alors, évite de dire des bêtises, tu fais ce que tu veux de ton corps. Moi, j'ai encore cette brûlure. Ce soir c'est moi l'aguicheuse, il faut que je me prépare.
– Je te suis !

Elles se figent, car elles entendent le bruit du moteur de la jeep. Allison s'extrait vivement de la piscine, elle court d'instinct vers l'entrée de la villa, pendant que Nadia reste plantée, assise sur son transat, tout interdite. Elle se couvre craignant d'être à la vue de passants. Elle peut s'apercevoir qu'Allison est furax. Elle voit que celle-ci tape de ses pieds nus sur le sol brûlant et caillouteux, elle crie en appelant Matt. Celui-ci est au volant du véhicule ; il la signe d'un doigt d'honneur, en accélérant. Il s'échappe. Elle sait déjà qu'il ne sera pas au rendez-vous du soir. Soit, il s'éclipse devant la tâche d'une confrontation avec son ami Éric, soit que doublement, dans un moment de remords, il part à la recherche de Jane à Tananarive. Les deux cas sont possibles et pourraient s'ajouter l'un à l'autre. Allison avoue son fiasco qui est à l'origine du rejet dont elle l'accablait et son émancipation trop affirmée pour les plaisirs féminins. Dire qu'elle nie des sentiments envers Matt serait préjudiciable, il file vers sa femme qui semble vivre une situation sanitaire alarmante et peut-être irréversible. Elle le regarde s'éloigner sur la route cabossée sans espoir de retour immédiat. Nadia ne manque pas d'accroître son mal-être. Elle l'entoure de ses bras en l'embrassant dans le cou. Elle la chausse de ses mules et lui chatouille les côtes et les seins, mais elle peine à sourire.

– C'est Dom Quichotte de la Manche qui te chagrine, ce n'est pas un grand homme, il se débine, il a peur de lui-même.

– C'est toi qui as mis le désordre. Il est malléable, de la pâte à modeler, mais c'est un sanguin. Il s'exprime avec sa queue après, c'est un joli toutou, on en fait ce que l'on veut. On ne peut pas frustrer un homme trop longtemps, quand tu lui présentes la carotte sentimentale en version, cuisses fermées, il faut l'alimenter à lui en faire bouffer les fanes sinon, il part voir ailleurs. Si tu ne bouges pas le petit doigt et que tu es indifférente, la plupart du temps, il se barre. C'est le jeu, mais en abuser, on ne gagne rien. C'est la preuve ! Matt est sujet à des émotions très impulsives sans pour cela être un fou notoire. Il fait bien à sa manière, il est très poli, serviable, parfois très cocasse, mais je crois qu'il a besoin d'être libéré de son affaire. Jane l'a peu soutenu, elle est de nature égoïste, autoritaire, mais elle était fidèle jusqu'au jour où elle s'est tournée vers Éric avec l'approbation de son mari en espérant trouver le Graal de l'amour. C'est un stéréotype peu envieux, mais ce sont les faits. Je pense que beaucoup de femmes pensent d'abord et trop à leurs fesses…

– Les miennes sont en feu !

– Va te les refroidir, moi je ne suis pas aide-soignante.

– Alors ce soir si Matt n'est pas de retour…

– On va attirer notre mec ici. Il faut le désarmer, c'est-à-dire l'isoler de son port d'attache et de ses sbires. Toi, toujours en planque, s'il vient, je joue le grand jeu, quitte à y laisser un peu de mes tripes, il faut que je prépare mon matériel dans la chambre. J'ai déjà essayé de genre de technique, ce n'est pas facile, je dois pourtant m'y adapter. C'est du sérieux !

– S'il ne veut pas venir ?

Gérard Baker .*Les sens ont de mémoire*

– J'ai des arguments, des excuses, des suggestions, des tentations, et du sex-appeal à revendre. Il me croit cruche puisqu'il m'invente une ineptie, un grand laboratoire dans une nouvelle ville pour désengorger la capitale ce qui voudrait dire qu'il a des liens avec des investisseurs proches du gouvernement. En a-t-il les moyens, non, je ne crois pas, sauf si ses chefs suprêmes décident de s'installer sur ce territoire où soixante-dix pour cent de la population vit dans la pauvreté en attendant des jours meilleurs ? Oui, il cherche des filles cobayes qui feront la pute pour lui. Les femmes blanches ne sont pas au rendez-vous. C'est de l'or une oie blanche affranchie ! Alors, fais attention à ne pas te faire coincer. Maintenant, je me concentre sur mon orifice vaginal et je remets en service mes contractions, ce sont mes outils physiques. Il va en pleurer ce sale gosse !

Nadia est engourdie, elle n'a pas beaucoup dormi et Allison assène trop de mots étrangers à son répertoire linguiste pour qu'elle puisse comprendre toute la finesse de la langue française. Elle se referme, mais elle réaffirme son aide.

– Si tu veux, je peux me rendre utile, dit-elle en gloussant, surtout s'il s'agit de cette intimité qui demande des soins.

– Hé, là, on sort du contexte ! Il faut que je téléphone à cet abruti au dernier moment. Je dois me montrer affolée et implorante, que je sois la meilleure comédienne du monde, comme lui l'a été quand il m'a trucidé sous l'emprise de la beuh.

– Ton plan, je ne le connais pas.

– Tiens-toi prête à le mettre en joue quand il va crier comme un loup. Avec une balle dans la cuisse, il peut encore marcher… mais pas dans le genou !

– Oui, je suis d'accord, mais j'ai peur de viser à côté de ma cible si tu restes dans le vague.

– Quand on a un doctorat de pharmacie, on connaît des techniques médicales que le grand public ignore et c'est très bien ainsi. Je vais mettre grâce au cognitif acquis de l'anatomie humaine démontrer que cet énergumène mérite un châtiment exemplaire. J'ai mon idée et je veux la suivre jusqu'au bout…

– Peux-tu m'éclairer ?

– Tu le seras avant ce soir, mais je dois d'abord m'équiper d'une arme invisible. Toi, tu dois mettre ta tenue de camouflage, surveiller et attendre qu'il arrive. Le mieux est qu'il ne devine pas ta présence. Je vais l'inviter dans la chambre. Après tu vas comprendre, quand il sera en panique, il faut que tu l'empêches de me frapper ou de m'étrangler. Tire dans le genou ! C'est bon ? Tu piges !

– Il faut que tu laisses la porte ouverte. Nom d'un chien, c'est risqué.

– Ne t'inquiète pas, il va souffrir.

Nadia est préoccupée, le timing qu'Allison lui propose demande du synchronisme et il se révèle très audacieux. Si elle est habituée aux incertitudes impitoyables de la violence, elle n'en est pas moins une femme qui est fragile et dont les mensurations sont loin de celle d'une athlète. Elle n'a pas le sens du combat au corps à corps et sa mince musculature est très attrayante sans pour cela lui permettre de faire de l'action de force. Elle rentre dans sa chambre dans l'intention de rattraper un peu de sommeil. Elle s'allonge, elle réfléchit, sa mallette de tir à côté de sa tête. Elle est sceptique, elle n'encourage pas Allison, elle craint qu'elle fasse fausse route. Matt est parti, il est le seul à pouvoir maîtriser Maki en cas de mauvais coup. Pourquoi cette fuite précipitée ? Veut-il retrouver sa femme, elle est peut-être en sursis ? Est-elle à l'hôpital comme Maki le prétend ? Que lui a dit Allison ? Est-ce lui le témoin ou l'assassin de sa sœur ? Cela pourrait être possible ? A-t-il peur d'être démasqué ? Dans le doute, elle se lève et court dans la chambre de Matt qui est restée ouverte avec la clé sur la serrure. L'oiseau s'est envolé avec tout son paquetage signifiant d'un non-retour. Un petit mot laissé, sur le chevet, l'interpelle. « On ne peut pas mentir aussi longtemps ! » « Bye. Mattheus ».

Matt a-t-il joué un rôle dans l'affaire de la disparition de sa sœur ? D'une chambre à l'autre, il n'y a qu'un saut à faire pour qu'elle entrouvre la porte de celle d'Allison. Celle-ci est assise sur le bord du lit, elle est à demi nue sans sa culotte, elle tient un tampon hygiénique dans la main. L'irruption impromptue de son amie ne la trouble pas. Elle coupe la mèche du tampon et la lisse en l'enduisant de la salive en regardant Nadia en dessus du bras.

– Allison, j'ai une question à te poser.

– Vas-y !

– Matt était ton amant, ton collègue de travail. Sa femme est allée vers Éric qui est probablement l'assassin de ma sœur et le violeur impénitent du lycée. Est-ce qu'il est le deuxième homme, cité comme témoin dans la disparition de ma sœur ? Est-ce que tu m'as camouflé son identité ? Par moments, j'avais l'impression qu'on me mentait. Alors c'est vrai ?

– Oui, c'est vrai que je voulais le confondre avant que tu décides de lui faire la peau. Figure-toi qu'on ne sait rien de rien. Et moi je m'entichais, je voulais savoir si je ne faisais une bourde épaisse en vivant avec lui. J'ai tout donné pour qu'il se libère et à ce jour, on est au point zéro. Je n'avais pas envie de vivre avec un criminel. Voilà, c'est une omission volontaire en sachant que tu l'apprendrais un jour. On n'est pas plus avancé…

– Je te bouffe le chaton et tu me prends pour la dernière des connes.

– La preuve que rien n'est interdit.

– Pour quelle raison, as-tu protégé Matt ?

– Matt m'a donné sa version des faits. Éric serait l'étrangleur et Matt aurait pris la fuite, comme ce matin, sans le dénoncer ce qui arrive dans la plupart des cas. Sans éléments nouveaux, d'ailleurs, tu as essayé sans succès, c'est par la parole que l'on apprend la vérité.

– On pouvait le faire parler sous la torture...

– Tu veux aller en taule ? C'est le bon moyen. Non, le mieux c'est de délier les langues, alors j'ai pensé à toi. Tout est attaché, c'est fabuleux ! Et puis avec les vierges, c'est très excitant, on s'amuse bien. Ce soir, tu ne dois pas trembler, c'est toi qui vas te venger si on ne s'est pas trompé de cible, de bonhomme. Par suite, on peut obtenir une médaille de citoyen d'honneur ou du mérite. Mettre un terroriste potentiel en cage avec l'aide d'Interpol, ma chérie, ce n'est pas donné à tout le monde.

Elle balance sous son nez le morceau de tampon en le tenant entre deux doigts par la ficelle qu'elle a humidifiée.

– Tu vois, c'est fait pour celles qui ont un orifice et des lèvres séparées. C'est plus pratique, pas de linge absorbant sanguinolent qui attire les chiens… ce que je tiens, c'est la petite souris blanche qui grignote les glands jusqu'au prépuce. Elle te plaît ?

– M'offusquer de cette façon, tu es une cochonne, mon serment tient toujours.

– Cet objet intime féminin est réservé, il sera introduit avec son emballage cadeau en papier d'argent et j'espère qu'Éric aura l'envie de découvrir la surprise.

– Tu veux coucher avec lui dans la foi ? Sale gosse, tu mérites la fessée du siècle à coups de bâton.

– Pourquoi pas la flagellation ?

– Ce n'est pas drôle cette histoire, je vais me reposer.

– C'est ça, garde des forces pour mettre ce gaillard au placard. Je t'explique que ces mecs, ils en tirent un gros avantage pécuniaire avec une fille.

– Oui, je sais ça. Et après il la matraque pour qu'elle paye une dette importante. En Albanie c'est aussi de mise. Les groupes de proxos ne manquent pas. Les lois ne sont pas toujours respectées.

– Normalement, la première étape, c'est ce soir, ce sera un même scénario identique, quelle que soit la nationalité de ces ordures qui officient dans le cérémonial de séduction abusive. L'amour et je te baise. Il va me prendre pour une gagneuse. Seules les pauvresses tombent dans le panneau miroitant… J'ai ma trousse de secours et pour couronner le tout, j'ai mes règles…

La combattante, la femme que l'on considère que l'on respecte comme un homme dans son pays, reste muette. Le mystère est entier. Quel est donc ce caprice immoral de faire l'amour avec le diable ? Elle connaît le machiavélisme indéniable de son amie, cette intelligente qui parfois la contraint à se torturer les méninges pour assimiler toutes les quintessences surréalistes, mais qui débouchent toujours sur du concret. Mais là, c'est affreux. Comment pourrait-elle réagir si elle est en danger de mort ?

– À t'entendre, il faut que je tire dans le tas avec le risque de te toucher.

– Tu vas piger. Tu vois ce tampon, il va me servir de calage dans la cavité utérine, je le relie avec cette lancette encapuchonnée, c'est un outil de chirurgie dont la lame est très tranchante, le tube gainé en plastique évite les traumatismes. Il convient presque naturellement à mon anatomie. Il suffit que je fasse sauter le petit capuchon avant l'acte, et hop ! Je simule et je le cramponne… et…, il se tranche.

– C'est fou, tu joues avec ta vie.

– Il faut qu'il dise la vérité pendant la saignée, il ne va pas faire le méchant si tu le vises entre les deux yeux…

– Bordel, comment, on va savoir s'il est armé ?

– Je te garantis qu'il pensera à ses testicules

Fin de tome 2

Gérard Baker *.Les sens ont de mémoire*

Bibliographie de l'auteur :
Les chemins de l'oubli 2006.
Le chant de lune 2008
Le nez rouge 2009
La voix Mosuo 2010
Le rouge et le jaune 2011
Égarements recueil de nouvelles 2012
Je plairai 2013
*La spirale de l'escalier (La femme dans   l'escalier)
2016*
Syllogomanie 2018
Prochaines œuvres à venir :
La fille d'Egtved 2021… non publié
L'odyssée poétique du mécano …non publié